Rheinische Frikadellen

Für Brigitte!

Georg Giesing

Rheinische Frikadellen

Geschichten und Grotesken

Bibliografische Information der Deutschen Bibliothek:
Die Deutsche Bibliothek verzeichnet diese Publikation in der Deutschen
Nationalbibliografie; detaillierte Daten sind im Internet über
<http://dnb.ddb.de> abrufbar.

Titelbild und Illustrationen:
Georg Giesing
Köln

Titelgestaltung:
Atelier für Foto- und Werbegrafik
Jürgen Saßmannshausen
Köln

© 2005 Georg Giesing
Herstellung und Verlag: Books on Demand GmbH, Norderstedt
ISBN 3-8334-2661-6

Inhalt

Rheinische Frikadellen

Wenn ich bei Häns bin, fällt alles von mir ab. Acht Stunden auf den Monitor glotzen. Immer die richtigen Knöpfe drücken. Immer dieselben Knöpfe. Es muss ja auch stimmen. Im richtigen Augenblick. Da wird man ja ganz kirre in der Birne. Aber wenn das mit dem Knopfdrücken ein Ende hat, gehe ich zu Häns. Die Atmosphäre in seiner Kneipe zieht mich magisch an.

Das Bier hat bei ihm immer die richtige Temperatur. Das hat schon seinen Wert. Stimmt. Aber der eigentliche Grund meiner Anhänglichkeit zu seiner Kneipe sind die Frikadellen. Hauptsächlich die Frikadellen. Das alleine ist schon Grund genug, um zu Häns zu gehen. Der spricht auch nicht zu viel. Keine Angst. Häns kann besser zuhören. Die Frikadellen macht er noch selbst. Nix „Handelshof", nix „Metro" oder „Bofrost". Häns. Marke: „HÄNS."
Häns „Im HÄNS-ECK"!
An dieser Stelle muss ich ein Ausrufungszeichen machen!

Da stimmt noch alles. Form und Inhalt. Ich bin Ästhet. Na gut, Schweinefleisch. Hormone. Die Debatte ist ja vergessen. Macht mir aber nix. Heute schluckt doch schon jeder Zweite seine Hormonpillen. Kenn' ich denn die Rinder? Wo die herkommen? Na also. Form und Inhalt. Sag' ich immer. Entscheidend ist die Mischung. Zwiebeln, Ei, Brötchenmehl. Hab' aber auch schon so Dinger gegessen, die waren völlig anders. Die reinsten Geschosse. Hartplastikmäßig. Zog nur so an den Zähnen. Da freut sich der Onkel Doktor. Bei Häns passiert das nicht. Und noch eins. Aufdringlich ist Häns nicht. Nee, ist er nicht! Mit Kölsch meine ich.

„Danke, Häns. Stell es nur da hin."

In Siegburg. Irgend so ein kleines Kaff bei Siegburg, Ober- oder Niederkassel, irgendwas mit Kassel. Ich bestelle zwei Frikadellen. Stand klar und deutlich auf der Karte: *„Rheinische Frikadellen* mit Senf".
Also, ich habe zwei davon bestellt. Kleine Kneipe, gutes Bier. Dachte ich. *Dachte ich!* Dann kamen diese Klopper. Hatte mächtigen Hunger. Zwei Bier schon reingezogen, das regt an. Dann diese Bestellung. War ein Fehler. Ehrlich. Geb' ich ja zu. Zwei Kugeln lagen auf einem tiefen Teller. Format: Tennisball. Echte Boris-Kugeln. Konnte die kaum packen. Rein technisch gesehen. Musste die voll krallen. Fünf-Finger-System. Waren aber **keine** Frikadellen. Hätten ja Fleischklöße schreiben können, das hätte ich in Ordnung gefunden. Das wäre ehrlich gewesen! Stand aber: *„Rheinische Frikadellen mit Senf".*
Ich stelle die Fragen: „Müssen die so dick und rund sein? So unhandlich?"
Die Fragen dürfen doch mal gestellt werden. Oder?

Häns sorgt immer für die richtige Temperatur. Kann mir ruhig noch eins bringen. Tut er auch. Ja, das ist Häns. Das schätze ich so an ihm. Stille Aufmerksamkeit.

„Danke, Häns. Mir geht es gut! Danke!"

Stipp doch mal so eine Riesenmurmel mit einer Seite in den Senf. Ich meine diese Kasseldinger. Aber wo ist an einer Kugel die Seite? Aha, geht nämlich gar nicht. Stipp rein und drück das Ding in Richtung Lippen. Probier das ruhig mal. Aha! Geht doch gar nicht. Du schmierst dir doch das ganze Maul mit Senf zu. Hab' da keine Ausnahme gemacht. Auch wenn du die vorher abrollst, es kommt immer zu viel Mostert dran. Mit den

„Frikas" von Häns ist mir das noch nie passiert. Verkehre schon länger als 16 Jahre hier, länger als der Dicke Kanzler war. Eine Ewigkeit also. Und immer die gleiche Qualität. Super-Qualität. Eine Formsache also? Nicht nur. Ich sage ja immer: **„Form und Inhalt!"**

Das ist doch mein Problem, warum ich nicht zu „McDingsbums" gehe. Sicher sind die sauber. Die haben auch eine Kinderrutsche und einen Clown. Sogar eine Nichtraucherecke gibt's da. Saubere Klos. Auf die „McDingsbums" kann ich aber gerne verzichten. Bin doch kein Breitmaulfrosch. Hast du denn schon mal versucht, so einen „Dings-Burger" zu greifen? Richtig! Musst du nämlich beide Hände nehmen. Beide! Und kräftig zupacken. Genau. Und dann spritzt dir der Ketchup auf das Hemd. Hab' ich schon gesehen. Bei einer Frau. So eine kleine, kräftige. Hatte ein V-T-Shirt an. Himmelblau. Am Anfang! Nachher nicht mehr! Die kämpfte mit so einem „Big-Dingsbums". Flutschte der eine dieser dünnen Gurkenscheiben in den Ausschnitt. Sie hat noch versucht zu schnappen, das Gurkenscheibchen. Ging aber nicht. Das Scheibchen rutschte also, und als sie es greifen wollte, tropfte der Ketchup hinterher.

Klar, war die gierig. Ungeschickt. Klar, war die zu dick. Aber ich hätte an ihrer Stelle Schadenersatz verlangt. Das Unglück war doch strukturell vorgegeben. Hat doch mit „McDingsbums" selbst zu tun. Muss man aber erst mal verstehen. Unfall mit System. Da kommt mit Sicherheit kein Clown, der dir dein T-Shirt wäscht. Hundert Prozent nicht!

In Ober- oder Nieder- oder Unterkassel, in dem kleinen Kaff, war es ähnlich. Vergleichbares Problem. Hab' natürlich andere physische Voraussetzungen. Klar. Aber immerhin hatte ich ein weißes T-Shirt an.

Das ist nicht meine Art. Nicht mein Geschmack. Bin doch

9

kein Krokodil und stecke den Ballen mit einem Ruck in den Rachen. Ein bisschen Kultur muss ja sein. Der Häns kriegt das gut hin. Nix Flachburger, keine weichen Lappen und auch keine Bälle. Seine Frikadellchen sind vom Feinsten, ehrlich, vom ALLERFEINSTEN!

Jetzt bringt er mir wieder eine. Der gute Häns!

„Okay, Häns. Mit der Dritten mach' ich aber Schluss."

Die kann man noch stippen. Die Klopse aus diesem Ort, es war irgendwas mit Kassel, hab' ich dann wie ein Biber abgenagt. Sicher bin ich lernfähig. Wenn ich die Dinger schon so serviert bekomme, kann ich die ja nicht mit dem Aschenbecher vorher passend klopfen. Also habe ich die Technik geändert. Nagen war angesagt. Aber nicht ohne Tücke.

Und noch eins. Die hatten auch nicht die Leichtigkeit. Irgendwas hat gefehlt. Muss wohl am Fleisch gelegen haben. Halb Rind, halb Schwein, ich weiß es nicht. Darf überhaupt nicht darüber nachdenken. Vielleicht auch kein Ei oder das falsche Mehl. Vielleicht auch die falschen Zwiebeln. Ich weiß es einfach nicht. Waren hart wie altes Knetgummi.

Die von Häns kannst du ganz unverkrampft zwischen drei Fingern halten und stippen. Leicht und fest zugleich, auch die Höhe stimmt. In dem genannten Ort haben die vielleicht auch ein anderes Publikum. *„Rheinische Frikadellen"!* Was ist denn da dran „rheinisch"?

Köln ist die Hauptstadt des Rheinlandes. Wir sind die Trendsetter. Wir haben die Tradition. Hätten ja Bulette sagen können oder Köfte. Klar doch. Gibt es doch auch aus Schafsfleisch. Köfte. Nicht schlecht. Eine Alternative. Nur passt das Kölsch nicht dazu. Und auch nicht der Senf. Die Türken sind auch ein bisschen sparsamer mit den Zwiebeln. Eben eine andere Geschmacksrichtung. Da ist alles klar und ehrlich. Aber nicht Tennisbälle aus Fleisch als *„Rheinische Frikadellen"* verkaufen.

Mit dem „Rheinischen" ist das ja die reinste Hochstapelei, und mit dem Wort „Frikadelle" fängt der Betrug an.

Noch ein Wort zum Senf. Scharf. Klar. Noch schärfer. Auch klar. Und schon bist du in Düsseldorf. Der Bergische Löwe lässt grüßen. Wir sind nicht intolerant, wir Kölner. Die Düsseldorfer sollen da auch mitprofitieren. „Löwen-Senf", eine scharfe Sache. Treibt dir die Tränen auf die Backen und ...

„Noch ein Kölsch, Häns!"

Quatsch, NIX UND, das passt einfach besser zusammen: Kölsch mit Frikadellen. Ob das mit „Alt" allerdings auch so geht? Müsste ich einfach mal ausprobieren. Ich bin ja gar nicht so unbeweglich. Hab' das in diesem Ober- oder Nieder- ... doch auch auf mich zukommen lassen. Ich bin schon offen für neue Sachen. Ich komm' nur so selten nach Düsseldorf.

Das Ekzem

Das erste Mal hat es sich bemerkbar gemacht, als ich ein Examen hatte. Das Ekzem. Ein Jucken und Brennen. Ekzeme treten immer plötzlich auf. Bei mir unter dem linken Arm in der Achselhöhle. Es gibt verschiedene Formen dieser juckenden Entzündung. In meinem Falle ist es ein kleiner roter Fleck. Damals war ich zwanzig Jahre alt. Seitdem begleitet es mich treu durch alle Höhen und Tiefen des Kassenpatienten. Hartnäckig ist es und anhänglich. Es ist nicht immer da, es kommt und geht, aber wenn es kommt, dann unverhofft und heftig. Nicht, dass ich grundsätzlich was gegen Jucken habe! Nicht, dass ich was gegen Brennen habe! Ich möchte das nur gerne selbst bestimmen können. Wenn ich zum Beispiel einen Schnaps trinke, einen Grappa, Trester oder einen Cognac, dann brennt das ja auch. In der Kehle. Wärmt den Magen. Ein beabsichtigtes Brennen. Genau da liegt der Unterschied. Bei einem Ekzem ist das aber nicht zu regulieren.

„Wie kommt das eigentlich?", habe ich meinen Arzt gefragt.

„Hm", hat der nur gemacht und dabei noch nicht einmal mit den Schultern gezuckt.

„Sie haben eine empfindliche Haut!"

„Das hab' ich mir auch schon gedacht, Herr Doktor!", hab' ich gesagt. Da hat er doch mal aufgeblickt und einmal mit den Schultern gezuckt. In diesem Moment gab es auch Blickkontakt zwischen Patient und Arzt.

„Und es kommt von innen. In den meisten Fällen von innen. Manchmal, wenn man Stress hat. Stress löst einiges aus."

„Aha", hab' ich da gesagt und mir trotzdem in der Apotheke meine Salbe geholt.

Von innen soll es also kommen. Und vom Stress! Als ich das wusste, verschwand mein Ekzem. Ungefähr vor fünf Jahren hat es sich wieder zurückgemeldet. Das Jucken und Brennen. Mein roter Fleck. Wieder dieser kleine rote Fleck. Dieser verdammte Fleck. An derselben Stelle. Wieder oben links in der Achselhöhle.

Wenn man so ein Ding hat, muss man jucken, ob man will oder nicht. Ganz automatisch. Dann versucht man das Jucken mit dem Gegenjucken zu bekämpfen. Genau so. Das ist natürlich falsch, es ist ein unabwendbarer Zwang.

Nur gut, dass mein Jucken immer oben links geschieht, das ist noch reichlich unverfänglich. Das geht im Alltag unter. Wenn ich mir vorstelle, dass ich das Ekzem zwischen den … oder am Gesäß. Sähe doch eigenartig aus.

Wenn ich in einer Besprechung bin, in einer Konferenz zum Beispiel, und es fängt an zu jucken, brauche ich nur meine Arme über der Brust zu verschränken und kann still und unbemerkt jucken. Die Arme über der Brust verschränkt und den Blick auf den Redner konzentriert, signalisiert doch im höchsten Maße Aufmerksamkeit, wenigstens zurückhaltendes Interesse.

An anderen Stellen wäre das schon auffallender.

Wenn ich mir vorstelle, ich wäre eine Frau und hätte ein Ekzem zwischen meinen Brüsten. Was macht man denn da? Ehrlich gesagt, ich weiß es nicht! Das ist jetzt ein wenig sexistisch gedacht, aber die Frage ist trotzdem nicht so einfach zu beantworten. Ekzeme lieben warme Orte. Menschliche Feuchtbiotope. Bei mir ist es eben die Achselhöhle, die linke.

Oder meins säße in der Kniebeuge. Das wäre schon komplizierter. Oder bei meiner Kollegin Müller-Banning irgendwo, vielleicht auch in der Kniebeuge. Das ist diesmal wirklich nicht sexistisch gedacht.

Mit meinem Hausnachbar habe ich das leidige Thema auch erörtert. Immer mal wieder zwischendurch. Daniel, wir duzen uns, ist Friseur. Gelernter Damenfriseur. Komplett heißt er Daniel Riss-Bocklemünd. Seit sieben Jahren nennt er sich Stylist und hat seinen Betrieb jetzt in der Ehrenstraße. Auch hat er sich auf anspruchsvolle Herrenfrisuren umgestellt. Also, mit Daniel hab' ich das Problem erörtert. Hab' ihm die Stelle gezeigt, als es wieder einmal da war und Daniel gerade in seinem Garten eine Beetkante mit dem Spaten bearbeitete.

Da hat er sich, ohne ein Wort zu sagen, den Socken vom linken Fuß gezogen.

„Hab' ich auch, so 'n Exemplar."

Dabei spreizte er sehr geschickt seine Zehen.

„Da, genau zwischen den beiden kleinen Zehen. Da, der kleine rote Fleck!"

Ehrlich gesagt, gesehen habe ich nichts. Aber Daniel ist außerordentlich glaubwürdig.

„Da juckt es ständig. Ist ja auch kein Wunder, wenn man den ganzen Tag mit Haarspray, Lösungsmitteln, Farbstoffen, Parfümen und anderen Tinkturen zu tun hat. Du stehst den ganzen Tag im chemischen Nebel, und das hinterlässt natürlich Spuren."

„Aber das kann doch nicht sein! Das ist kein Ekzem. Das ist ein Pilz. Ein Fußpilz."

„Ne, ne, ein Ekzem!"

„Aber Ekzeme kommen von innen. Haben was mit Stress zu tun!"

Daniel: „Ist das denn kein Stress, fremden Leuten den ganzen Tag am Kopf herumzufummeln. Da muss jedes Haar an der richtigen Stelle liegen. Kein Haar darf zu kurz, zu schräg, zu lang sein. Die Farben müssen stimmen. Das richtige Gel für das richtige Haar. Und dabei wirst du noch auf das Genaueste beobachtet. Stress, jede Menge! Du kämmst, striegelst, glättest, fönst, färbst und schneidest, du würdest der eitlen Bagage am liebsten eine spitze Schere in die fetten Hälse rammen, musst aber immer nur lächeln und ihnen noch die Augenbrauen begradigen und die Nasenhaare stutzen."

Ehrlich gesagt, ich war erstaunt. Das war heftig. Abgründe. Gewaltphantasien. Der softe Daniel war ein stilles Monster. Hätte ich ihm gar nicht zugetraut. Er wurde mir dadurch allerdings nicht unsympathischer.

Ich habe die Ursachendiskussion dann mit Daniel nicht mehr vertieft. Er verwechselt da was. Allerdings habe ich ihn nach seinem Therapieansatz gefragt.

„Luft. Viel Luft! Möglichst viel frische Luft. Wenig Socken tragen. Sonne ranlassen. Schwitzen vermeiden. Und wenig synthetische Unterwäsche."

Das mit der Unterwäsche war ein guter Tipp.

Mit neuer Unterwäsche, ausschließlich Naturfaser, habe ich mich auch gut ausgestattet. Sechs Garnituren. Von „Waschbär". Ein Öko-Großhandel.

Jetzt habe ich allerdings den Eindruck, dass sich das Jucken gleichmäßig über den ganzen Körper ausgebreitet hat.

Die Luftversion hat mir auch mein neuer Arzt empfohlen. Den Widerspruch zwischen **innen** und **außen** allerdings nicht aufgelöst.

Wenn ich jetzt auf der Terrasse sitze, völlig entspannt, luftig angezogen, aufrecht atme, tief und anhaltend, und habe den linken Arm angewinkelt, dann sehe ich meinem Nachbarn Daniel zu, wie er mit nackten Füßen den Rasen mäht. Ich muss sagen, dann geht es mir richtig gut. Ich habe mir einen Ouzo in den Orangensaft gemischt und bereite mich mental auf die nächste Konferenz vor. Diesmal werde ich, das habe ich mir fest vorgenommen, die Arme hinter dem Kopf ver- schränken.

Der Mülheimer Krawall

Für Klaus, den Geiger

Über den Rhein zu kommen, von Mülheim nach Köln oder umgekehrt, war vor über 100 Jahren recht mühsam. Manchmal auch spannend! Die Domstadt besaß zwar einige Anziehungskraft für die Leute von „dr schäl Sick", doch der Weg nach Colonia war für die Mülheimer, sofern sie nicht in Köln Arbeit hatten, eine Feiertagsangelegenheit. Erst mit der Einführung von regelmäßig fahrenden Schiffen und Fähren und mit der „Elektrifizierung" der Verkehrsmittel änderte sich auch der „öffentliche Verkehr". Umgekehrt, von Köln nach Mülheim, verhielt es sich nicht anders. Sonntagsreisen waren das. Mal zur Kirmes, mal eine kleine Kaffeetour, einmal im Jahr zur „Gottestracht", das war's dann aber auch.

Der Rhein, mitunter auch Vater genannt, war eine natürliche Grenze. Der Strom als strenger Vater. Ein Vater, der trennte. Der Landweg, Mühsal und Plage, führte immer über Deutz. Holprig, dreckig, abgefahren, und die Brückengelder für die Deutzer Brücke machten die Sache auch nicht angenehmer.

Die viel besungenen „Müllemer Böötcher" eröffneten neue Perspektiven. Aber die neuen Zeiten brachten neue Probleme. Aufregung überall. Skandal. Aufruhr!

Ab dem Jahr 1869 pendelten die Dampfboote der Firma Christoph Musmacher zwischen Cölle und Müllem. Regelmäßig. Das war neu. Im Rhythmus von 15 Minuten. Stromauf, stromab, schräg gegen die Wellen gestemmt.

An den Werktagen, das waren sechs lange Tage, fuhren die Schiffe vom ersten Hahnenschrei bis abends um neun Uhr. Bauern, Händler, Geschäftsleute. Hin und her. Ebenso Soldaten. Hacketäuer. Marktfrauen. Tagediebe, Taschendiebe und natürlich jede Menge Arbeiter. „Beim Guilleaume" fand auch der Kölner sein Brot. Mit der neuen Fährverbindung kam Tempo und Bequemlichkeit in die Sache. Erreichbarkeit stand aber im Vordergrund. Jetzt waren auch die Hausfrauen angesprochen. Nach Köln knapp eine Viertelstunde. Jetzt kamen Bauern und Gemüsehändler. Ab und an auch mal eine Schulklasse, die den fernen Dom endlich mal von innen sehen wollte.

An den Wochentagen bestimmten Beruf und Arbeit das Bild auf den Fähren. Körbe, volle Taschen, Kiepen und Tragesäcke. Handwerkszeug, Kisten und Kästen, dazu Tornister, ungezählte abgewetzte Aktentaschen. Henkelmännchen in der anderen Hand. Drei Hände hätte so mancher gebrauchen können.

Sonntags war feine Garderobe angesagt. Gehröcke, steife Hüte, noch steifere Kragen, Vatermörder, wohin das Auge blickte. Die Damen in knöchellangen Kleidern, einreihig geknöpft und in der Taille mächtig verengt. Je nach Wetterlage trug die Dame von Welt ausladende Hüte. Federn und Stoff, drapiert, vor hundert Jahren, die Mode ändert sich. Aber die Menschen …?

Dann das Jahr 1887. Ein neuer Abschnitt für die Köln-Mülheimer Schiffspassage. Das Privatunternehmen Musmacher wurde verwandelt. In eine Aktiengesellschaft. Der neue Name: „Cöln-Mülheimer Dampfschiffahrts- Aktiengesellschaft".

Aber der Alltag hatte eine andere Sprache. Kurz AG zu sagen reichte den meisten Bürgern. Die von der AG betriebenen Schiffe waren kleine Raddampfer und wurden folgerichtig kurz und passend AG-Schiffe genannt. Jedes dieser AG-Schiffe hatte einen adeligen Namen. Da gab es das Schiff „Kaiser Wilhelm". Schön für alle Monarchisten. Aber es kam noch kräftiger.

„Kronprinz Friedrich Wilhelm" (das war der, der später nach Holland desertierte), „Kaiserin Augusta" (nach ihr werden heute noch Schulen benannt) und „Prinz Friedrich Karl" (den haben fast alle vergessen). Die AG war also dem Adel verpflichtet, ein feines Unternehmen, auf jeden Fall der Kaiserfamilie treu verbunden. Mit den Namen der Kaiserfamilie am Bug und der preußischen Reichsfahne am Heck zogen die Raddampfer der AG über den Rhein.

Es gab zwar noch eine weitere Schiffsverbindung, die von der kleinen Firma „Klein & Comp" betrieben wurde, doch angesichts der AG-Armada war die einsame „Hohenzollern" des Unternehmens sehr beschränkt. Bedingt wettbewerbstauglich sozusagen.

Anno 1895 bekam die Kaiserflotte endlich die Konkurrenz, die sie verdient hatte. Es entstand die dritte Fährverbindung zwischen den beiden Rheinstädten. Die AG kam in Bedrängnis. Mächtig! Der Schifffahrtsunternehmer Eduard Fasbender schloss sich mit Christoph Mülleneisen zusammen, Letztgenannter war 1890 aus dem Vorstand der „Aktiengesellschaft" ausgeschieden und hatte sich einen Plan zurechtgelegt. Seine Devise hieß: Dumping. Dumping auf dem Dampfschiff. Fasbender besaß zwei leichte Radschiffe und einen Schraubendampfer mit dem seltsamen Namen „Volapük". Das Volapük-Boot war leicht und wendig, es hatte eine akzeptable Motorkraft von 140 PS. Damit war es rheintauglich. Und Fasbender sollte mit seinem „Müllemer Böötchen" Furore machen.

Die Firma „Fasbender & Mülleneisen" bestellte in Gestemünde neue Boote: Volapük-Boote. Klein und emsig. Kurzerhand wurden diese Boote „Volapük Nr. 3, 4 und 5" genannt. Mit einem Startkapital von 130.000 Goldmark und der kleinen, aber feinen Volapük-Flotte standen vier bis fünf Schiffe gegen die auf

17 Dampfschiffe angewachsene AG-Armada. Zu den Kaiserschiffen hatten sich noch die „Graf Moltke" (ein Militärstratege für Aufmärsche und Mobilmachung) und die „Fürst Bismarck" (viele Heringe wurden später nach ihm benannt) dazugesellt. Der Kampf des David gegen den Riesen G. um die Gunst der Fahrgäste hatte begonnen.

Nun tuckerte es auf dem Rhein mächtig. Viel schlechte Luft am grauen Strom. Hier Raddampfer, dort drehten sich schraubenähnliche Blätter in das Wasser. Hier stolz und kräftig, dort klein, flink und pfiffig. Köln–Mülheim. Alles aussteigen. Mülheim–Köln, ebenfalls alle von Bord. Die kaisertreue AG hatte monarchistische Preise, die andere Firma versuchte es mit einem Volkstarif. Die Strategie ging auf. Volapük eroberte die Herzen, und die Herzen lagen oft in der Brieftasche. Ein einfacher Grund. Auf den Volapük-Booten gab es den Einheitspreis. Pro Kopf und Nase ganze zehn Pfennig für eine Überfahrt. Auf den AG-Schiffen fuhr man nach Klassen. 1. Klasse 25 Pfennig und in der 2. Klasse ganze fünf Pfennig weniger. Aus Mülheim sind bislang keine mathematischen Genies in die Weltgeschichte eingegangen, aber diese einfache rechnerische Aufgabe konnte jeder lösen. Die Abstimmung des Volkes war nahezu einstimmig, was machte es da noch aus, dass die Volapük-Boote lediglich ein offenes Verdeck hatten. Die Liebe ging durchs Portemonnaie, die Interessen auch. Ade „Kaiserin Augusta"! Lebe wohl „Kronprinz Friedrich Wilhelm" und all die anderen auch!

Die Armen in Mülheim, von denen gab es nicht wenige, drehten sowieso jeden Pfennig siebenmal herum. Das Billigangebot der Firma Mülleneisen schlug wie ein Torpedo in die Kaiser-Flotte ein. Bis zum letzten, allerletzten Stehplatz waren die „Müllemer Böötcher" besetzt.

Der AG blieben die Fahrgäste weg. Nach lebhaften Debatten,

viel Schweiß auf Stirn und Oberlippe der Aktionäre, beschloss der Aufsichtsrat eine radikale Preissenkung. Die Kaiser-Flotte fuhr nun auf einmal für zehn Pfennig. Der Erfolg blieb aus. Nichts da! Die Mülheimer hatten die Mogelpackung erkannt. Dieses Finanzmanöver war doch zu durchsichtig. Fadenscheinig. Die Sympathie war schon anderweitig verteilt. Der Volkspreis war ja von der Volapük-Firma eingeführt worden. Die Mülheimer hatten ein gutes Kurzzeitgedächtnis.

Erneute Beratung bei den Aktionären. Der Vorstand musste handeln. Rote Köpfe. Durchgeschwitzte Stehkragen. Leidenschaftliche Reden über Geld und Rendite. Es folgte eine kühle Berechnung der Lage, der allgemeinen und der besonderen. Ein mühsames Ringen. Und dann die Entscheidung. Gutes tun und laut darüber reden, das war die Taktik der Schiffseignergesellschaft. Plakate, Handzettel, Ausrufer und Anzeigen. Überall, damit es auch der Letzte der Gemeinen wusste. Die Fahrpreise der AG, das war die frohe Botschaft, waren auf allen Kaiser-Schiffen nun gleich. Einheitstarif. Noch mehr. Nach langen Berechnungen konnte der Fahrpreis auf fünf Pfennig gesenkt werden. Fünf ganze Reichspfennig pro Fahrt von Mülheim nach Köln und umgekehrt. Egal ob „Kaiserin Augusta" oder „Graf Moltke", alles für einen halben Groschen.

Doch der Umschwung kam nicht so schnell wie erhofft. Der spektakuläre Preis war doch zu durchsichtig. Der Aufsichtsrat hatte das Volk unterschätzt. In den Kneipen und Kaschemmen, am Arbeitsplatz oder am Hafen, die Menschen waren erregt. Ein Erdbeben kündigte sich an.

„Die AG! Das ist ein starkes Stück. Fasbender und Mülleneisen haben den Volkspreis eingeführt. Und jetzt hinkt die AG hinterher! Wie lang dat denn noch dauert?"

Jedem war die Lage klar, zu durchsichtig das Flottenmanöver der Aktionäre. Der Riese G. versuchte den wackeren David platt zu machen.

Zeit auch für Musikanten. Bergischer Klarer trank sich jederzeit bei einem guten Bier. Straßenkünstler. Moritatensänger, Volkstroubadoure, alle hatten ein Thema. Abends an der Anlegestelle, im Hafen, am Wiener Platz, auf der Mülheimer Freiheit, selbst auf den Schiffen. Die Volkslieblinge, jene kleinen und fleißigen Boote, die „Müllemer Böötcher", die Volapüks, wurden besungen. Populäre Melodien und flotte Texte, das Volk sang mit:

DIE VOLAPÜK

(gesungen nach der Loreley-Melodie mit Schmackes)

Ich weiß nicht, was soll es bedeuten,
in Strömen das Volk zieht zum Rhein.
Am Ufer die Schifflein, die läuten
und laden zum Einsteigen ein.
Hier fährt man für fünf, dort für zehne,
so steht es schwarz auf weiß.
Es ist ergötzlich zu hören,
es wird gesungen im Kreis:

(Melodie: „O du wunderschöner deutscher Rhein.")

O du wunderschöne Volapük,
du allein fährst elegant und schick,
darum sollst du auf dem deutschen Rhein
Mülheims allerschönste Zierde sein.

Tausende von Neugierigen. Der Rhein floss, das Bier lief. Schnäpse brannten. Die Stimmung an den Anlegestellen glich der bei einem Volksfest. Der 5-Pfennig-Preis war zwar durchschaubar, aber auch sensationell. Würde die List der Aktionäre aufgehen?

Die Stimmung des Volkes war einseitig auf Seiten der Volapük-Boote, aber das große Geld machte mächtig Druck.

Wenn abends die Arbeiter, die Hausfrauen, Händler und Handwerker aus Köln kamen, hielten sich schon die Schaulustigen bereit. Die Passagiere der Volapük- Boote wurden bejubelt. Schiff auf Schiff. Spalier. Beifall unter freiem Himmel. Gassenlauf des Wohlgefallens. Ganz anders dagegen wurden die AG-Fahrgäste empfangen. Wut, Beleidigungen, alle Facetten des Volkszornes schlugen ihnen entgegen. Beifall auf der einen, Pfiffe und Belästigungen auf der anderen Seite. Manchmal auch tätlicher Zorn. Hier entlud sich die aufgestaute Demütigung, angesammelt in langen Jahren Armut und Arbeit in den Fabriken der beiden rheinischen Schwestern Köln und Mülheim.

Nur sehr langsam griff die Taktik der Aktienschiffer. Der Zulauf tröpfelte, doch es wurde. Fünf Pfennig waren eben die Hälfte von zehn Pfennig. Auch die Leute mit sehr schlechten Mathematiknoten hatten das erkannt. Die Volapük-Front bröckelte. Das Volk zürnte. Noch mehr Sturm am Rhein. Flut des Beifalls für die Standhaften, die nicht von ihren Volapük-Schiffchen ließen. Wer Volapük wählte, war eisern und prinzipientreu. Standhaft. Nur „Umfaller" und „5-Pfennig-Fahrer" hatten zur AG gewechselt. Die allabendlichen Empfänge wurden für die AG-Fahrer zum regelrechten Spießrutenlaufen. Die Fahrgäste wurden beschimpft, gehänselt, bespuckt und bedroht, das waren die Ankunftsgrüße. Das Wort Verräter war in aller Mund. Hitzköpfe warfen Steine. Flach und gezielt, später dann in Augenhöhe. Steine flogen zurück, direkt in Augenhöhe. Randale, die Volksseele kochte. Aus dem Scherz war Schmerz geworden. Der Streit der Worte, die Sticheleien, die ätzende Häme waren zu einer handfesten Auseinandersetzung geraten. Nicht der Verstand, Argumente und Meinungen beherrschten die Menschen, Zorn hatte sich in Knüppeln und Steinen materialisiert. Die Tätlichkeiten nahmen zu. Es kam zu regelrechten Straßenkämpfen. Das Gelände der Schiffsanlegestellen um die Mülheimer Werft wurde von der Gendarmerie weiträumig gesperrt. Großaufgebot von Pickelhauben. Berittene Polizei. Schlagstöcke überall. Der Staat als Ordnungsmacht. Die Polizei als langer Arm der Aktionäre. Doch damit ließ sich der Zorn nicht beseitigen. Jugendliche organisierten sich in Gruppen. Spontane Straßenkämpfer kamen dazu. Aktionen von Einzelnen. Steine, Stöcke und Flaschen. Im Hafengebiet lag genug herum. Hoch zu Ross: die preußische Streitmacht. Rheinisches Temperament. Viel Bier und Schnaps. Rote Agitatoren. Vaterlandstreue Soldateska. Der soziale Konflikt schlug um in Revolte. Knüppel und Säbel fanden die Köpfe. Geschickt operierende Kampfgruppen, die Flasche konnte schnell Waffe sein. Ein Räuber-und-Gendarm-Spiel vor Tausenden von Zuschauern. Die Rheinuferpromenade war nichts mehr zum Flanieren. Die Ordnungsmacht war wirklich nicht zimperlich. Hier konnte endlich mal gezeigt werden, wer Herr im Hause Preußen war. Die ersten Verletzten. Blut. Blut und Beulen, zerschlagene Brillen, zerfetzte Kleider. Auch vor Damen schreckten die Herrenreiter nicht zurück. Voyeure, Unzufriedene, Enttäuschte und immer wieder König Alkohol. Aggressive und abgestumpfte Befehlsempfänger, die von ihren leitenden Offizieren in den Kampf gegen das Volk geschickt wurden. Ein Schauspiel der besonderen Art. Im friedlichen Mülheim, das für Tage keinen Frieden mehr kannte.

Jugendliche hatten das auf dem Werftplatz stehende Kartenhaus der AG umgestürzt. Laternenpfähle verbogen. Von den Gaslaternen in der Mülheimer Altstadt blieb keine unversehrt. Auf dem Werftplatz, dem Zentrum der Auseinandersetzungen, wurde eine Ziersäule mit physikalischen Instrumenten zerstört.

Die Säule war Ziel der Revoltierenden. Der Grund: Es war eine AG-Säule! Ab in den Rhein damit. Es stellte sich bald heraus, dass die Säule schwimmunfähig war.

Das war aber noch nicht das Ende der Revolte. Die Scharmützel gingen weiter. Orte des Geschehens waren nun das Rheinufer, die Mülheimer Altstadt, die Wallstraße, die Mülheimer Freiheit, die Buchheimer Straße, die Landungsstege. Polizeioffiziere verlasen öffentlich den Aufruhrparagraphen. Der Werftplatz und die anliegenden Straßen wurden generell gesperrt. Die Ordnungspolizei hatte verfügt, dass die Schiffe, egal ob von der AG-Flotte oder vom Volapük-Verband, jeden Abend um 18 Uhr fest verankert am Kai liegen mussten. Kein Fährbetrieb nach Einbruch der Dunkelheit, denn nach Einbruch der Nacht gerieten die Krawalle stets außer Kontrolle. Auch der Landrat war nicht untätig. Er hatte bei Androhung von schwerer Strafe allen Mülheimern verboten, die Plätze und Straßen in Werftnähe aufzusuchen. Spalte und herrsche, der Landrat entzog damit den Straßenkämpfern das Publikum und auch die direkte Solidarität.

Aber die Ordnungsmaßnahmen erreichten nicht ihren Zweck. Weiterhin gab es Unzufriedenheit, immer noch Wut, die Fortsetzung der Kämpfe war angesagt.

Der Zorn richtete sich mittlerweile auch gegen den Staat und seine Vertreter. Allgemeine Verbitterung, soziale Missstände und eine gehörige Portion Gerechtigkeitsempfinden, nicht zuletzt das brutale Vorgehen der Gendarmerie hatten für reichlich Dynamik gesorgt.

Seit Beginn der Unruhen waren mehrere Tage vergangen, doch es dauerte mehrere Wochen, bis sich die Gemüter wieder beruhigt hatten. Letztendlich stellte die Gendarmerie mit einem massiven Aufgebot „Ruhe und Ordnung" wieder her.

Die AG-Schiffe hatten wieder Zulauf. Es galt für diese Schiffe nach wie vor der 5-Pfennig-Preis. Dann passierte das, was man in Mülheim schon lange befürchtet hatte. Die Firma Fasbender & Mülleneisen meldete mit ihren beliebten „Müllemer Böötcher" Konkurs an. Die „Aktiengesellschaft" hatte sich durchgesetzt. Ein Kölner Metzgermeister kaufte die komplette Konkursmasse. Volapük nebst Inventar. Zwei der Boote wurden mit Glashauben versehen, damit die Fähren auch bei Regen angenommen werden sollten. Die Verglasung brachte aber nicht den gewünschten Erfolg. Der neue Besitzer aus der Fleischerinnung kapitulierte. Jetzt war der Augenblick für die „Cöln-Mülheimer-Dampfschiffahrt AG", jener unbeliebten AG, gekommen, als Nutznießerin kaufte sie alle Volapük-Boote und war augenblicklich wieder konkurrenzlos.

Was blieb, waren viele Beulen, hohe Glasschäden, verbogene Laternen, ein paar gebrochene Arme, Nasen und Beine, ein Schaden von 6000 Reichsmark und 21 verhaftete Mülheimer Jugendliche. Enttäuschte Hoffnungen, große Wut und auch politische Erfahrungen, die vielleicht einmal Früchte tragen würden.

Viele Jugendliche wurden wegen Aufruhr, Widerstand gegen die Staatsgewalt, Landfriedensbruches von den Königlichen Gerichten sehr hart bestraft. Ein Mülheimer Stadtrat, seinem Stand und Milieu streng verpflichtet, empfand es als „große Rücksichtslosigkeit", dass den Fahrgästen solche „unbequemen Kästen zur Benutzung angeboten waren". Er meinte damit die Volapük-Schiffe. Die Mülheimer, mit Sicherheit die allermeisten von ihnen, sahen das völlig anders. Ihr Herz hing an den „Böötcher", den geliebten Volapük-Schiffen, dies drückte sich in weiteren Liedern aus.

Der Mülheimer Krawall

(Melodie: Kaisermarsch von Kunoth)

Die Aktienboote hatten Glück,
weil ohne Konkurrenz;
da kam die schöne Volapük
und fuhr zum Zirkus Renz,
nach Cöln und zum Panoptikum,
sie fuhr so leicht und zart,
sie fuhr nach Niehl zum Kirmestanz,
zehn Pfennig jede Fahrt.

Refrain:
Ja mehr kann doch kein Mensch verlangen.
Hipp, hipp, hurra! Hipp, hipp, hurra!
Es wird nicht mehr zu Fuß gegangen.
Hipp, hipp, hurra! Hipp, hipp, hurra!

Die Aktienboote hoben sich,
das Drängen hörte auf.
Die Liebe zu den Schiffen wich,
sie hatten nichts mehr drauf.
Da sprach der hohe Aufsichtsrat:
„So kann's nicht weitergehen:
Sonst kommen die Papiere uns
noch unter null zu stehen."

Refrain:
Ja, mehr kann doch kein Mensch verlangen …

Der Fahrpreis wurde nun gesetzt
auf nur fünf Pfennig bloß.
Die Schiffe wurden abgesetzt,
als sei der Teufel los.
Und wenn man mit dem Aktienboot
von Cöln nach Mülheim kam,
so gab es manchen Rippenstoß,
gefoppt ward Herr und Dam'.

Refrain:
Ja, mehr kann doch kein Mensch verlangen ...

Die schönsten Sachen hat man da
der Erde gleichgemacht,
zerbrochen war, so weit man sah,
der Gaslaternen Pracht.
Wer Frieden stiften wollte gar,
der wurde schlecht belohnt.
Selbst wenn er den Zylinder trug,
er wurde nicht geschont.

Refrain:
Ja, mehr kann doch kein Mensch verlangen ...

Die große Unruh legte sich,
man fuhr mal hier, mal dort,
nur uns're Brücke setzte sich
in Ruhestand sofort.
Kein Mensch betritt ihr teures Holz,
ist unser Schmerzenskind,
am allerliebsten machten wir
zu Brandholz sie geschwind.

Refrain:
Ja, mehr kann doch kein Mensch verlangen,
Hipp, hipp, hurra! Hipp, hipp, hurra!
Es wird nicht mehr zu Fuß gegangen.
Hipp, hipp, hurra! Hipp, hipp, hurra!

Monstera deliciosa

Angefangen hatte diese merkwürdige Geschichte mit meiner Entscheidung. Sie ist mir allerdings sehr schwer gefallen. Ich möchte meiner Nachbarin auf keinen Fall ihre redlichen Bemühungen absprechen. Ich betone: Auf keinen Fall!

Meine Nachbarin ist eine ehrliche Haut. Sie hat eine natürliche Freundlichkeit, dies ist heutzutage bedauerlich selten. Mitunter, und damit komme ich zu dem Problem, war sie etwas übereifrig. Manchmal aber einfach nur ungeschickt. Das erste Mal hatte ich diesen Eifer nach einer längeren Urlaubsreise von mir bemerkt. Meine Nachbarin hatte versprochen, mir meine Wohnung zu versorgen. In meiner Abwesenheit sollte sie meine Jalousien rauf und runter ziehen. Das hat sie auch prompt erledigt. Meinen Briefkasten entleerte sie reibungslos. Doch vor zwei Jahren hatte ich ihr das erste Mal erlaubt, meine Blumen zu pflegen. Ganze vier Wochen an einem Stück. Es ist mir wirklich nicht leicht gefallen. Und da habe ich ihren Übereifer zu spüren bekommen. An drei Alpenveilchen waren die Knollen verfault. Einfach vergossen hatte sie die Pflanzen. Von den mühselig gezüchteten Begonien, ich ziehe sie vom Samen bis zur Blüte, hatten nach diesen vier Wochen vier Pflanzen einen mehltauartigen Überzug auf den Blättern. Wie Pulverzucker lag die Pilzschicht auf dem Grün. Mein Ficus marmorata, mein fast zwanzigjähriger Gummibaum, mein Liebling, hatte während meiner Abwesenheit seine ganze Leuchtkraft verloren. Das Grün war matt und die Strukturen der Blätter verwaschen und grau. Es gibt Leute, die halten mich für einen Narren. Sollen sie ruhig. Mich lässt Gerede kalt. Sogar einige Kollegen runzeln ihre Stirne, wenn es im Gespräch um meine Pflanzen geht. Können sie ruhig. Ich liebe eben Pflanzen und mache daraus keinen Hehl.

Ich liebe Pflanzen. Ja! Ja! Ich stehe dazu. Ihr prächtiges Gedeihen erfüllt mich mit Freude. Ungezählte Stunden der Entspannung habe ich meinen Pflanzen zu verdanken. Während andere an Wochenenden ihre ungeliebten Schwiegermütter besuchen müssen oder sich mit den Rechtschreibeschwächen ihrer Gören herumärgern, habe ich echte Freude mit meinen Pflanzen. Das mag einigen seltsam erscheinen. Soll es ihnen nur. Ich bin Pflanzenliebhaber – und ich werde es bleiben.

Mein prächtiges Blumenfenster kann sich sehen lassen. Die Exoten sind vorzeigbar. Messetüchtig. Meine Kakteen sind einfach wunderbar. Mein Kakteenhaus ist konkurrenzlos. Meine Opuntien pfropfe ich selbst. Die Sammlung von Peitschen- und Schlangenkakteen steht jedes Jahr in Blüte. Die Königin der Nacht, Selenicereus grandiflorus, habe ich eigenhändig aus Jamaika mitgebracht. Alles, fast alles, ist selbst gezüchtet. Alleine die verschiedenen Erden, eine Wissenschaft für sich. Ich schweife ab. Pardon.

Die vier Wochen fremde Pflege, vier Wochen die ständige Gießkanne von Frau Hagemann, müssen für meine Pflanzen der wahre Horror gewesen sein. Es war ein Fiasko. Aber ich bin lernfähig. Es gibt jetzt keine Frau Hagemann mehr. Entweder gibt es keinen Urlaub oder es gibt eine Fachpflege. Ja, ich spreche von F a c h p f l e g e. Wenn schon Fremdpflege, dann muss die fachliche Seite stimmen. Wenn Sie Zahnschmerzen haben, gehen Sie doch auch nicht zum Schneider!

Ich brauchte ein gutes Jahr, um wieder Hoffnung zu schöpfen. Es war ein Zufall. Auf die „Gelben Seiten" verlasse ich mich nicht. Fehlanzeigen. Überall. Dann sah ich das kleine Schild „Pflanzenpension". Ich entdeckte die kleine Gärtnerei durch einen wirklichen Zufall. Nach meinem Unfall. Es war ein kleiner Blechschaden. Aber ich war misstrauisch.

GÄRTNEREI Robels. Topf + Zierpflanzen aus eigener Zucht.
Pflanzenpension.

Mein anfängliches Misstrauen verschwand schon ein wenig,
als ich Gärtner Robels das erste Mal sah. Es waren eigentlich
seine Hände. Große, kräftige Hände voller Risse und Scharten.
Die Fingernägel breit und stumpf. Und überall war Erde. Gute
schwarze Erde. Mit diesen Händen hob er mit allergrößter Zärt-
lichkeit die Blätter einer Clivie hoch, sanft glitten seine Finger
über die glatten Blätter. Gärtnerhände, rau, aber unendlich zart
und geschickt. Hände, die zupacken konnten und doch liebevoll
die Pflanzen streichelten. Mich störte nicht die dunkle Erde
unter seinen Fingernägeln. Der Mann war erdverbunden, das
ist mir Vertrauen erweckender als die pedikürten Nägel meiner
Kollegen in der Bank. Ich meine es, wie ich es sage!

Die Gärtnerei bestand aus sieben mittelgroßen Gewächshäusern,
den üblichen Frühbeetkästen, natürlich auch Schuppen und ent-
sprechenden Freilandzonen. Nichts Ungewöhnliches für einen
kleinen Familienbetrieb. Aber irgendwie wich diese Gärtnerei
von den anderen Gärtnereien ab, die ich in den letzten Jahren
aufgesucht hatte. Der kleine Betrieb hatte etwas Gediegenes an
sich, ein wenig Nostalgisches, wie mir schien. Er erinnerte mich
an die kleinen Gärtnereien in den 50er Jahren.
Drei Glashäuser waren mit Asparagus sprengeri bepflanzt. Mit
diesen immergrünen, nadelartigen Pflanzen verdiente Robels
wohl seinen Lebensunterhalt. Der Zierspargel wurde, so sagte
mir Robels, an Blumengeschäfte und Kranzbindereien geliefert.
Da gab es immer genügend Nachfrage.
Zwei weitere Gewächshäuser waren seltenen Pflanzen vorbe-
halten. Exoten teilweise. Unter Robels segensreichen Händen
wuchs die im fernen Himalaja beheimatete Orchidee Coelogyne
cristata ebenso wie der afrikanische Kaffeebaum oder die aus

Bolivien stammende Bergpalme Chamaedorea elegans. Als mir der Gärtner dann noch sagte, in diesen beiden Häusern lebten eigene Pflanzen und Pflegepflanzen, war meine anfängliche Skepsis gebrochen.

Vier Transporte brachten meine Kostbarkeiten in die Gärtnerei Robels. Dann verbrachte ich vier wunderschöne Maiwochen auf der schwedischen Insel Öland. Wanderungen an der Küste und naturkundliche Exkursionen jeden Tag, Natur pur also, das hatte ich mir schon lange nicht mehr gegönnt. Bei Robels waren meine Pflanzen in erfahrenen Händen.

Mittags um 12.07 Uhr landete die Maschine in Köln-Wahn. Um 12.50 Uhr war ich in der Pflanzenpension. Robels kam aus einem Schuppen. Dem Schuppen, in dem die Blumentöpfe gelagert wurden. Zuerst dachte ich, es sei überhaupt nicht Robels. Vielleicht arbeitete ja auch sein Vater noch in der Gärtnerei. Hatte er etwa einen älteren Bruder? Doch dann kam der Mann näher. Vor mir stand der Gärtner. Aber Robels hatte sich verändert. Ich hatte den Mann als kräftige Erscheinung in Erinnerung. Auf mich zu kam aber eine hagere Gestalt. Das Gesicht war eingefallen. Die Haltung nach vorne gebeugt. Aber es war Robels. Die Augen waren umschattet. Dann fiel mir die weiße Strähne auf. „Herr Robels!"

Mein Schrei brachte etwas Bewegung in das müde Gesicht des Gärtners. Da fiel mir auf, dass auch die rotbraune Gesichtsfarbe sich verändert hatte. Die Haut war verwaschen und bleich. Um die Nase hatten sich zwei Kerben gebildet. Scharfe Falten, die bis zu den Mundwinkeln hinunterliefen. Vor mir stand, es war wirklich beängstigend, ein Häuflein Mensch. Erst als er seinen Mund zum Sprechen öffnete, huschte ein kleines Lächeln über sein Gesicht.

„Sie sind zurück?!"

Es war eine Frage und eine Feststellung zugleich.

„Mein Gott! Herr Robels! Was ist denn geschehen? Hatten Sie einen Unfall? Sind Sie krank?"

Robels schüttelte leicht den Kopf und winkte mich zu den Gewächshäusern. Mit der Hand wies er mich in das kleine Tropenhaus. Es schlug mir die dort typische feuchte Hitze entgegen. Doch als ich meinen Blick auf die Pflanzen richtete, wurde mir der Mund trocken und kalt. Ich sah etwas Entsetzliches. Es war ungeheuerlich. Eine Katastrophe. Wie konnte das passiert sein? Die vormals sattgrünen, üppigen Pflanzen standen schlapp und stumpf auf den Tischen. Es waren deutlich weniger als vor meiner Reise. Die Reihen hatten sich gelichtet. Einige zeigten deutliche Spuren von Verbrennungen an den Blatträndern. Andere wiederum bestanden einfach nur noch aus Stielen. Dürre Äste überall. Vor und neben den Pflanzen lagen massenhaft trockene und zum Teil braune Blätter. Jämmerlich sahen die Bromelien aus. Die Blätter waren weiß gesprenkelt, als wenn jemand sie mit Kalk besprüht hätte. Hier war ein Unglück geschehen. Eine Zerstörung in diesem Ausmaß konnte nur von Menschenhand stammen. Was war geschehen?

Robels stand sprachlos neben mir. In seinem Gesicht waren Schmerz und Trauer. Die Falten furchten seine Haut bis an sein Kinn. Der Körper des Mannes war völlig nach vorne geneigt, so als wenn er sich vor Schmerz krümmen würde.

„Was ist das? Was hat das zu bedeuten, Herr Robels? Sind meine Pflanzen auch dabei?"

Ich hatte meine Sprache wieder gefunden.

„Was ist denn hier passiert. Das ist ja entsetzlich. Das ist ja …"

„Teilweise auch Ihre Pflanzen!" Er wischte sich mit einem blauen Taschentuch über die Augen. Leise sagte er zu mir: „Kommen Sie mit."

Wir gingen in den Pflanzraum. Es war ein kleiner Raum mit einigen Steintischen. Hier wurden in der Regel Pflanzen ein- und umgetopft. Auf den Tischen lagen verschiedene Erden. Zwei Holzschemel standen herum. Ich stieß gegen eine leere Gießkanne, die auf dem Steinboden stand. Robels setzte sich matt auf einen der beiden Schemel. Er schluckte. Rang nach Atem. Die Arme hingen ihm beidseitig vom Körper. Langsam, es machte ihm wohl große Schwierigkeiten zu sprechen, kamen die Worte aus seinem Mund. Der Gärtner erzählte mir, was passiert war.

„Der Mann. Es fing mit dem Mann an. Alles hat mit ihm angefangen. Dr. Esser. Ja, mit dem. Ja, Esser. Er kam kurz nach Ihnen. Äh, ich meine, kurz nachdem Sie Ihre Pflanzen gebracht hatten. So zwei oder drei Tage später ..., dieser Dr. Esser. Er stand da plötzlich mitten im Gewächshaus. Ich hatte ihn nicht kommen hören. Da stand er einfach und hatte diese verdammte Pflanze auf dem Arm. Ein Riesending. Ich wunderte mich überhaupt, wie er die alleine tragen konnte. Er setzte sie nicht auf den Boden ab. Nein. Er hielt sie fest umschlungen. Es war ein riesiger Philodendron. Monstera deliciosa. Mindestens zwei Meter hoch. Und üppig im Wuchs. Ich hatte den Mann noch nie gesehen. Kein Kunde von mir, aber das ist keine Seltenheit. Für die Pflanzenpension kommen sie ja aus allen Stadtteilen. Aus Longerich, Müngersdorf oder Rodenkirchen, sogar aus Pulheim. Na ja, auf jeden Fall hatte ich diesen Dr. Esser noch nie in meinem Leben gesehen. Es war wirklich ein schönes Exemplar, glatte und satte Blätter, wunderschöne Rundungen und Strukturen. Ich sollte den Philo für vierzehn Tage in Pension nehmen. Es sei eine ganz besondere Pflanze. Er habe sie eigenhändig von Mexiko mit nach Köln gebracht. Als Steckling, von einer Geschäftsreise. Er sei mit ihr in einer besonderen Weise verbunden. Jetzt müsse er wieder nach Mittelamerika und er hoffe, ein zweites Exemplar von der Reise mitzubringen.

Wir stellten die Pflanze gemeinsam in das Tropenhaus. Kurz unterhielten wir uns noch über die Zucht exotischer Pflanzen, über die Verantwortung der Menschen der Natur gegenüber, dann verabschiedete sich der Mann. Es war nichts Besonderes an ihm. Nur dass er mir fremd war. Es war, wenn ich darüber nachdenke, wie immer, wenn mir jemand seine Pflanzen anvertraut. Das erste Mal aufmerksam wurde ich, als ich das Gästebuch durchblätterte. In ihm sind kurz die Pensionsgäste aufgeführt, Name und Anschrift der Besitzer, manchmal auch ein paar Hinweise zur speziellen Pflege. Auf jeden Fall merkte ich, dass der Philodendron überfällig war. Dr. Esser hatte ihn nicht zum vereinbarten Termin abgeholt. Ich bemerkte dies aber erst abends. Tagsüber war ich in Viersen bei einer Blumenversteigerung. Ich machte also noch sehr spät, es wird gegen elf Uhr gewesen sein, einen kurzen Gang durch die Gewächshäuser. Das ist so, wenn man es mit lebenden Wesen zu tun hat. Waren die Häuser verschlossen? Hatten die Pflanzen genug Sauerstoff und Feuchtigkeit? Alles Routine, aber notwendig. Ich blätterte das Buch durch, sah, ob es eventuell Neuzugänge gegeben hatte, etwas für den nächsten Tag zu erledigen sei, da stieß ich auf den Namen Dr. Esser. Er hatte seinen Philodendron noch nicht abgeholt. Er war seit einer Woche überfällig. Für mich war das kein Problem. Ich würde noch warten können. Vielleicht würde ich ihn in ein paar Tagen einfach anrufen. Der Mann hatte seine Pflanze sicher vergessen. Vielleicht hatte sich seine Reise verlängert.

Erstaunt war ich allerdings am nächsten Morgen. Ich kam in das Tropenhaus und sah Essers Philodendron. Das war merkwürdig. An der Pflanze hingen die Blätter herunter. Wie leblos. So, als hätten sie schon seit Tagen kein Wasser mehr bekommen. Ich fühlte die Erde. Die Erde war feucht. Aber auch die kräftigen Luftwurzeln des Philodendrons hingen matt und schlapp herunter und sahen aus wie vertrocknete Regenwürmer. Ich konnte mir den Vorgang nicht erklären. Der Standort war geschützt. Die Fenster im Haus verschlossen. Die Temperatur lag bei 20°, fast ideal für die Pflanze. Wieso war der Baum plötzlich so schlapp? Es gab keine vernünftige Erklärung. Dann vergaß ich den Vorgang. Gegen Abend hatte sich die Pflanze wieder erholt. Irgendwann in den nächsten Tagen würde sich Dr. Esser ja wohl bei mir melden. Das war alles donnerstags. Ich weiß es genau, denn am Freitag hatten wir eine große Beerdigung, und ich hatte den Auftrag, die Kapelle zu dekorieren.

Als ich morgens, an jenem Freitag, die Gewächshäuser betrat, um zu lüften, traute ich meinen Augen nicht. Der Philodendron lag mitten auf den Platten des Tropenhauses. Der Topf war zerschmettert. Einige Blätter waren abgefallen. Der breite Baum versperrte mir den Weg. Ich lief sofort zu meiner Frau, die um diese Uhrzeit immer noch im Wohnhaus ist.

Ich vermutete, dass ihr der Baum irgendwie aus der Hand gerutscht war. Vielleicht war sie noch nach mir im Tropenhaus gewesen und hatte versucht, die Pflanze an einen anderen Ort zu stellen. Aber so war es nicht. Ich lief wieder zurück zum Tropenhaus. Die Glaswände und das Glasdach des Gewächshauses waren unzerstört. Nirgendwo stand ein Fenster offen. Alle Seitenluftklappen waren fest verschlossen. Aber wieso lag die Pflanze mitten auf den Steinplatten? Das waren immerhin 50 bis 60 Pfund, die da lagen. Es gab keinen Durchzug, keinen erkennbaren Grund. Nirgendwo die Spur eines gewaltsamen Eindringens. Natürlich denkt man in solchen Situationen auch an Einbruch. Aber es fehlte nichts. Nirgendwo gab es auch nur die geringsten Anzeichen für einen Einbruch. Die Sache war rätselhaft. Irgendwie beunruhigend.

Ich bin nicht abergläubisch. Für alles gibt es eine natürliche Erklärung. Aber es ist auch so, davon bin ich fest überzeugt, dass es Dinge gibt, von denen wir nichts wissen. Noch nichts wissen.

Wollte sich hier jemand mit mir einen Jux machen, mich jemand an der Nase herumführen? Ein Kollege? Als wir in Weinheim auf der Meisterschule waren, haben wir solche Scherze öfters praktiziert. Einer Orchidee eine Blüte von einer Gloxinie eingesetzt oder Geranienstecklinge und Fuchsienstecklinge dicht beieinander in einen Topf gepflanzt. Den Lehrlingen haben wir dann von Neuzüchtungen erzählt. Gen-Veränderungen oder Ähnliches. Aber solche Gedanken verwarf ich sofort wieder. Wie hätte jemand unbemerkt in die Gewächshäuser und in das Tropenhaus gelangen können? Unmöglich! 50 bis 60 Pfund! Da scheidet auch jede Katze oder Ratte aus.

Ich stellte den Philodendron wieder an seinen alten Platz. Er hatte jetzt einen neuen Topf, neue Erde. Den Topf hatte ich so eingeklemmt, dass er unmöglich umfallen konnte. Das war freitags früh. Abends ging ich wieder zum Tropenhaus. Alles hatte seine Ordnung. Der Baum schien sich zu erholen ..."

Robels unterbrach seinen Bericht. Auf seiner Stirne hatten sich Schweißperlen gebildet. Er wischte den Schweiß mit seinem Taschentuch weg. Mir dauerte das alles zu lange. Ich fuhr ihn an. Vielleicht etwas zu heftig.

„Und dann? Was ist denn nun eigentlich geschehen? Erzählen Sie doch endlich weiter!"

Der Gärtner fuhr fort.

„Mein erster Gang am nächsten Morgen führte mich in das Tropenhaus. Ich hatte keine Ruhe ... irgendwie, aber ..."

„Und? Robels, nun machen Sie doch!"

„Es war entsetzlich, einfach entsetzlich ...!"

„Ja, was denn? Robels, was denn?"

„Die Pflanze! Der Philodendron! Von diesem Esser ... er, also, er streckte alle Blätter von sich.

„Wie bitte? Das verstehe ich nicht!"

„Ich weiß nicht, wie ich es anders beschreiben soll. Der Baum sah völlig ungewöhnlich aus. Auch die Luftwurzeln. Doch das Merkwürdigste war, alle Blätter zeigten in eine Richtung. Auch die Luftwurzeln. Alle in dieselbe Richtung. Alle zur Türe. Die Pflanze war fest verkeilt, sie stand auf dem Tisch, doch alle Blätter zeigten in Richtung Gewächshaustüre. Auch der Stamm beugte sich in diese Richtung. Es war, als bekäme der Baum nur von einer Seite Wind. Wissen Sie, wenn ein starker Wind geht und Äste und Blätter eines Baumes in eine bestimmte Richtung drückt. Birken oder Pappeln oder so ...“

„Aber das gibt es doch nicht. Aber doch nicht in einem Gewächshaus.“

„Das ist es ja gerade!“

Robels war den Tränen nahe.

„Beruhigen Sie sich doch, Herr Robels. Erzählen Sie doch bitte in Ruhe weiter. Lassen Sie sich Zeit, aber beruhigen Sie sich doch bitte.“

Seine Stimme wurde leiser und nahm einen etwas weinerlichen Klang an.

„Doch ... doch. Ich weiß, dass es so etwas nicht gibt. Aber ich bin doch nicht verrückt. Genau so ist es gewesen. Genau so. Die ganze Pflanze in eine Richtung ...“

Erneut zog er sein blaues Tuch heraus.

„Und das, das, das war noch nicht alles, nein, noch nicht ...“

„Noch nicht alles!?“

Jetzt schrie ich den Mann an. Er tat mir Leid. Ein Jammerbild, doch meine Nerven lagen blank.

„Was meinen Sie denn verdammt noch mal damit: Es war noch nicht alles!?“

„Ich hatte es zuerst überhaupt nicht bemerkt. Nicht auf den ersten Blick. Ich hatte nur Augen für diesen unheimlichen Philodendron. Aber dann sah ich es. Die anderen Pflanzen. Sie ließen schlaff die Blätter hängen. Einige hatten schwarze oder braune Flecken auf den Blättern. Andere zeigten ebenfalls mit ihren Blättern in Richtung Türe. Eine Aralie stand völlig entblättert da. Selbst robuste Gummibäume zeigten Wirkung. Um den Philodendron herum gab es nur noch gelbe und schwarze Blätter. Einige Pflanzen waren praktisch tot. Weiße, kalkartige Verfärbungen. Es gab einen Kreis um den Philodendron herum. Um diesen unglücklichen Baum herum. Überall Verbrennungen. Sie wissen doch, wenn man schon einmal Wasser über die Blätter gießt und sie zu stark der Sonne aussetzt. So war es. Überall Schäden. 50, 60 Pflanzen waren völlig am Ende. Noch mehr zeigten leichtere Schäden."

„Und? Robels, guter Mann …"

Robels litt. Er durchlebte alles noch einmal. Jetzt hockte er auf seinem Pflanzschemel und jammerte. Ich musste ihn regelrecht auffordern.

„Was ist dann geschehen, Herr Robels? Herr Robels!!"

Robels zuckte zusammen.

„Ja?"

„Was ist dann geschehen? Erzählen Sie doch. Und regen Sie sich doch bitte nicht so sehr auf. Erzählen Sie doch."

Mitleid hatte ich mit dem Gärtner. Langsam fand er wieder seinen Faden.

„Ich habe die Pflanze, den Philodendron, aus dem Tropenhaus genommen. Augenblicklich. Ich habe sie in den Pflanzraum gestellt. Genau hierhin."

Er zeigte mit der rechten Hand gegen die Außenwand des Pflanzraumes.

„Da habe ich ihn hingestellt. Gegen die Wand. Hierhin!"

„Und?"

„Ich hatte Angst. Ich wollte diese unheimliche Pflanze nicht mehr. Ich wollte sie nicht mehr. Dieser Dr. Esser sollte sie endlich abholen. Irgendetwas stimmte hier nicht. Mit dieser Pflanze, meine ich. Sie musste weg. Sie sollte nicht mehr in meinem Tropenhaus sein. Sie war mir nicht geheuer. Ich schnappte mir die Pflanze und isolierte sie sofort. Eben hier in diesem Raum. Dann holte ich mir das Telefonbuch. Der Mann musste doch zu Hause sein. Ich fand die Nummer. Odin-Straße. Aber ich bekam keinen Anschluss. Es war der Freitag. Ich hatte wenig Zeit. Ich musste mich jetzt konzentrieren. Sie wissen, die Ausschmückung der Trauerhalle. Es dauerte fast den ganzen Tag. Meine Frau versorgte die Häuser und das übliche Tagesgeschäft. Nachmittags war ich wieder zurück. Der Philodendron stand, wo er stehen musste. Im Pflanzraum. Ich rief erneut bei diesem Esser an. Mit demselben Erfolg. Das wiederholte ich noch einige Male. Ich war fest entschlossen. Die Pflanze musste raus – und wenn ich sie diesem Dr. Esser vor die Türe stellen musste. Ich nahm mir vor, die Sache am kommenden Tag zu erledigen. Ich versorgte die Pflanzen, verschloss die Häuser und riegelte die Türe zum Pflanzraum zu. Das war alles noch freitags. Ich schlief schlecht. Ich hatte mich mit meiner Frau über diese mysteriöse Pflanze und die Vorgänge unterhalten. Ich würde am Wochenende alles in Ruhe untersuchen. Vielleicht gab es ja eine natürliche Erklärung.

Dann kam der Samstag. Ich werde ihn nie in meinem Leben vergessen!"

Robels war aschgrau im Gesicht. Unter seinen Achseln hatte das Hemd große Schweißflecken. Auf Stirne und Oberlippe hatten sich kleine Perlen gebildet. Der Mann merkte es nicht. Diesmal fuhr er ohne Aufforderung fort.

„Es war noch nicht zu Ende. Ich hatte wirklich schlecht geschlafen. Die Knochen taten mir weh. Es war so ein Zustand, wenn man merkt, dass eine Grippe im Anmarsch ist. Wir hatten beide, auch meine Frau, einfach Angst. Heute weiß ich es. Es war Angst.

Am nächsten Morgen, an jenem verdammten Samstag, lief ich zuerst in den Pflanzraum. Das heißt, ich wollte in den Pflanzraum, denn so einfach ging das nicht.

Ich hatte den Baum ja hier an die Wand gestellt …"
Robels zeigte noch einmal in die Richtung.
„Doch ich bekam die Türe nicht auf. Hier, diese Verbindungstüre. Sie ging nicht auf. Ich musste sie ja nach innen öffnen. Also zum Pflanzraum hin. Doch sie ging nicht auf. Sie war blockiert. Irgendetwas hinderte mich daran, die Türe zu öffnen. Ich drückte und schob. Kräftig. Auf der anderen Seite gab es ein Geräusch. Langsam gab die Türe nach, aber es gab Widerstand von der anderen Seite. Sie können sich denken, was da war! Genau. Auf der anderen Seite lag der Philodendron und …"
„Nein!"
„Doch. Er lag genau vor der Türe. Beim Aufdrücken musste er umgefallen sein, doch er hinderte mich immer noch, die Türe völlig zu öffnen. Es war so. Genau wie ich es sage. Der Philodendron musste genau hinter der Türe gestanden haben und war erst durch mein heftiges Drücken und Schieben umgefallen. Die Pflanze hatte, so unwahrscheinlich es klingt, in der Nacht den Weg von drei und einen halben Meter zurückgelegt. Drei. Über drei Meter. Ich habe es inzwischen nachgemessen. Ein wandernder Baum. Der Philodendron konnte gehen oder kriechen oder was auch immer. Er hatte auf jeden Fall hinter der Türe gestanden. Nun lag er da. Ich holte meine Frau. Wir waren beide sehr aufgeregt. Wieder rief ich diesen Dr. Esser an. Erneut ohne Erfolg. Doch ich war entschlossen. Der Philodendron musste weg. Er wollte ja auch weg. Jetzt war es mir völlig klar. Er war gewandert. Zuvor im Tropenhaus hatte er ja unmissverständlich Blätter, Zweige und Luftwurzeln in Richtung Türe gestreckt. Ich hatte es nur nicht verstanden. Und in dieser Nacht hatte er versucht, seinen Weg zu gehen. Das war ja alles eindeutig. Jetzt war es mir klar. Und ich war wild entschlossen, ihm dabei zu helfen. Wenn nur dieser verdammte Esser ans Telefon gehen würde. Aber die Pflanze musste weg. In den Gewächshäusern

hatte sich nichts Neues ereignet. Lediglich war der Philodendron gewandert. Ich hatte keine Zweifel mehr.

Ich kenne doch diese Pflanzenversuche. Musik tut Chrysanthemen gut, sie wachsen besser und blühen üppiger. Tomaten lieben vor allem klassische Musik. Bei Bäumen, die ständig Lärm ausgesetzt werden, zum Beispiel an großen Verkehrsstraßen, zeigen sich Stresserscheinungen, die sich an den Jahresringen feststellen lassen. Grundsätzlich wachsen Pflanzen in Gemeinschaft besser als in einem isolierten Zustand ... Aber vielleicht wissen Sie das ja schon alles. Auf jeden Fall war das Zeichen des Philodendrons eindeutig. Er wollte weg. Wie E.T., nach Hause! Wohin war mir natürlich klar. Zu seinem Dr. Esser. Hatte der mir nicht auch etwas von einer besonderen Beziehung zu seinem Liebling erzählt. Also nichts wie hin. Der merkwürdige Baum sollte bei mir kein weiteres Unheil anrichten.

Ich packte ihn in meinen Kombi. Auf ging es zur Odin-Straße. Bitte schön! Sollte er da wieder hin, wo er herkam.

Die Pflanze sah völlig normal aus. Keine schlaffen Blätter mehr, keinerlei Krankheitszeichen.

Die Fahrt dauerte knapp zwanzig Minuten. Ich hatte mir fest vorgenommen, den Baum nicht mehr mit zurückzunehmen. Wenn sein Besitzer nicht anzutreffen war, würde ich ihn entweder in seinem Garten oder vor dem Hauseingang abstellen. Im Sommer passiert so einer Pflanze nichts mehr.

In der Odin-Straße stehen wenig Häuser. Es ist ein besseres Viertel. Jedes Haus hat einen eigenen Garten. Jedes Haus steht auf einem Grundstück alleine. Das Haus von Esser fand ich gleich. Es war völlig mit wildem Wein umrankt. Es war eine zweigeschossige Villa, ich schätze mal so in den 20er Jahren gebaut. Es gab einen Erker und einen kleinen Vorbau, seitlich war wohl eine Garage. Das Haus war bewohnt. Im ersten Stock standen zwei Fenster auf. Über einer Fensterbank hing ein kleiner Teppich. Das war mir gerade recht. Die schwere Haustüre war leicht geöffnet. Zwischen dem Türrahmen und der Türe steckte ein kleines Lederkissen. So ein Ding, das man zwischen die Türe klemmt, wenn man mal eben raus muss und gleich wiederkommt. Ich war erleichtert. Es gab nur eine Klingel, und da stand auch Essers Namen drauf. Ich schellte. Den Philodendron hatte ich gleich mitgenommen. Im Haus blieb alles still. Erneut bediente ich die Klingel. Nichts. Innen rührte sich nichts. Dann entschloss ich mich, einfach ins Haus zu gehen. Die Türe stand ja auf. Irgendwo würde jemand sein. In der Not könnte ich ihm seinen Liebling vor die Wohnungstüre stellen.

Ich ging also rein.

Hinter der Haustüre führten einige Treppenstufen auf eine breite Wohnungstüre zu, davor war eine Art Diele, in der eine alte Vitrine stand. Ich rief laut nach Dr. Esser. An der Dielentüre gab es wiederum eine Klingel. Aber auch auf ihr Signal regte sich im Haus nichts. Dann stellte ich den Baum auf den Fußboden. Noch einmal versuchte ich mein Glück mit Rufen und Klingeln. Das Haus blieb still. Ich würde die Pflanze einfach hier stehen lassen, die war ich los. Aber irgendwie war mir die Situation nicht geheuer. Die Türe war auf, das Fenster geöffnet, doch es regte sich im Inneren des Hauses nichts. Mich überkam wieder ein merkwürdiges Gefühl. Angst und Neugier, genau das war es. Alles, was bisher mit der Pflanze geschehen war, konnte ich als merkwürdig bezeichnen. Als ungewöhnlich … Und im Haus war alles still. Fast beklemmend still. Noch einmal rief ich nach dem Besitzer, dann griff ich an die Eingangstüre zur Wohnung, sie ließ sich leicht öffnen. Ich betrat eine geräumige Wohnung. Überall alte Möbel und Pflanzen. Ein Vertiko, zwei schwere Ledersofas, die sich gegenüber standen, ein schwerer Kleiderschrank. Die Zwischentüren zu den Räumen standen auf. Aus einem der Zimmer, so schien es mir, drang helles Tageslicht. Hier trieb es mich hin. Dann rief ich wieder nach Dr.

Esser. Es war wohl ein Arbeitszimmer, dem sich ein weiteres Zimmer anschloss, aus dem eben jenes Licht schien. Vorsichtig öffnete ich die Türe – und vor mir lag ein riesiger Wintergarten mit einer Unzahl von Pflanzen und einem gläsernen Dach. Er war völlig mit Pflanzen voll gestopft. Aber es waren nur Pflanzen einer Gattung da. Alles Philodendron. Monstera deliciosa. Der ganze Wintergarten. Eine Sorte. Es war wie in einem Urwald. Überall diese Pflanzen und sie streckten ihre großen Blätter gegen das Licht. Und dann sah ich ihn …"

„Wen?"

„Dr. Esser. Zuerst sah ich seine Schuhe, dann die Beine und den Körper. Inmitten dieser Pflanzen. Sie lagen kreuz und quer auf seinem Körper. Hatten ihn fast bedeckt. Es war grausam. Es war unheimlich und Furcht erregend. Es war …"

„Was war mit ihm?"

„Er war tot. Völlig leblos lag er da …"

Robels sackte auf seinem Schemel zusammen. Tränen liefen ihm über sein eingefallenes Gesicht. Sein Körper war schmerzvoll nach vorne geneigt. Dann sprach er langsam und gedehnt: „Er war erstickt. Ja, erstickt. Um seinen Hals hatten sich mehrere Luftwurzeln gewunden. Die Zunge hing schwarz aus seinem Mund. Die Augen starrten mich an. Es war schrecklich. Das Gesicht blau und bleich. Er war tot. Dr. Esser war erdrosselt worden!"

„Das kann nicht sein, Robels!"

Ich schrie den Mann an. Doch Robels antwortete nicht. Völlig in sich zusammengefallen saß er da und weinte. Leise und still in sich hinein.

„Das kann nicht sein. Das ist unmöglich!"

Doch ich merkte sofort, dass ich den Gärtner nicht mehr erreichte. Sein Körper zuckte, doch er antwortete nicht mehr.

Ich verließ verstört die Gärtnerei. In mir gab es nur einen

Gedanken. Weg! Nur fort von dieser Gärtnerei. Ich brauchte Zeit zum Nachdenken. Was mir Robels da erzählt hatte, war jenseits meiner Erfahrungen. Der Mann musste wahnsinnig geworden sein. Zu unwahrscheinlich seine Story. Robels, ein Fantast. Doch da fielen mir die kaputten und kranken Pflanzen in seinem Tropenhaus ein. Sein Gesicht. Die grauen Haare. Ein solider Mann am Abgrund des Wahnsinns. Ich war froh, mit meinem Gepäck mein Wohnhaus erreicht zu haben. Aus dem Treppenhaus schlug mir die bekannte Luft entgegen. Farbe und Bohnerwachs, gemischt mit einer Andeutung von Sauerbraten. Das waren bekannte Gerüche. Wie würde meine Wohnung aussehen? Hatte ich Post bekommen? Sollte ich die Zeitungen alle nachlesen oder sofort wegwerfen? Zunächst einmal würde ich lüften und morgen, ja, morgen würde ich dann noch einmal zu Robels fahren und meine Pflanzen abholen. Endlich Ruhe. Meine Nerven brauchten Ruhe. Zu allem Überfluss klemmte bei mir das Schloss zur Wohnungstüre. Meinen Koffer ließ ich im Eingang stehen und stieß die Türe zum Wohnzimmer auf. Wunderbar! Ich war wieder zu Hause. Die Jalousien waren hochgezogen. Die Fenster einen Spalt geöffnet. Ich war alleine. Gott sei Dank. Da fiel mein Blick auf mein kleines Vertiko, ein Erbstück meiner Tante Klara. Da stand eine Blume. Und eine Karte. Die Blume verpackt. Eine krakelige Handschrift zierte die Karte, sie konnte nur von meiner lieben Nachbarin sein.

„WILLKOMMEN!"

Das war aber lieb. Sie hatte also an meine Rückkehr gedacht. Sie hatte mir eine Freude bereitet. Die gute Fee. Dann entfernte ich langsam die Verpackung von der Pflanze und ließ sie auf das Vertiko knallen.

Es war eine Monstera deliciosa!

Der Meistersessel

Irgendwann, in den frühen 50er Jahren des vergangenen Jahrhunderts, machte Onkel Erwin seine Meisterprüfung. Nun war er Polstermeister. Er durfte Lehrlinge ausbilden und konnte einen eigenen Betrieb aufmachen. Der Meistertitel war sein ganzer Stolz. Stolz der ganzen Familie. Als sichtbares Zeichen brachte er sein Meisterstück, den **Meistersessel,** mit nach Hause. Ein eindrucksvolles Ding. Mit grünem Samtstoff überzogen, breit und tief, mit üppigen Armteilen und am oberen Rand des gewölbten Rückenteils fast wie ein Ohrensessel gebogen. Im unteren Bereich des Sessel hingen dichte Fransen, in selber Farbe und vom selben Stoff. Im gewölbten Rückenbereich wurde der Samt noch von Knöpfen gestrafft und geziert. Ein Prachtstück also, das Onkel Erwin allgemeine Bewunderung und die Anerkennung als Meister durch die Handwerkerinnung einbrachte, denn den Sessel hatte er selbst entworfen, berechnet und gefertigt. Der Haken war nur, der Sessel war so wuchtig, so riesig in seinem Format, dass er eher in das Foyer eines Theaters oder eines großen Hotels gepasst hätte als in das kleine Zimmer einer engen Nachkriegs-Zweiraum-Wohnung.

Nachdem sich die innerfamiliäre Bewunderung über den **Meistersessel** ein wenig gelegt hatte, merkten wir, dass das mächtige Möbel recht sperrig und außerdem noch unpraktisch war. Zunächst einmal gab es ein topographisches Problem. In welcher Ecke des Wohnzimmers sollte der Sessel denn nun stehen? In der Mitte des Raumes? Unmöglich! Neben der Eingangstüre zum Wohnzimmer ging es nicht, denn da versperrte er den Zugang zu diesem Raum. An die Kopfseite passte er nicht, denn da stand schon ein Schrank, der sich derartig breit machte, dass er keine Konkurrenz duldete. Auch die rechte Wand des Zimmers war ausgeschlossen, denn da gab es eine Liege, die tagsüber als Sofa diente und abends für die Nacht als Bett für meine Mutter und mich zurechtgemacht wurde. Es blieb also nur die Seite mit dem Fenster zum Balkon. Hier stand zwar ein kleines Bücherregal mit einem dicken Loewe-Radio, doch da war es möglich. Allerdings ragte der **Meistersessel** nun so weit in den Raum hinein, dass man ihn auf dem Weg in das Schlafzimmer oder beim sonstigen Durchqueren des Raumes ständig umgehen musste. Zu erwähnen ist noch, dass alle hier beschriebenen Varianten einmal erprobt und dann verworfen wurden. Jede Lösung galt nur für einige Tage, bis wieder nach einer neuen gesucht wurde. Erleichtert wurde das ständige Hin- und Herziehen des Meistersessels durch kleine Metallkugelräder, die an den vier Füßen des Sessels angebracht waren und die von den schon erwähnten Fransen verdeckt wurden. Der Sessel hatte also auch seine Vorteile!

Nachdem das Prachtstück seinen Platz gefunden hatte, er tagtäglich mehrfach umrundet werden musste, stellten wir nach und nach fest, dass man in ihm auch nicht gut sitzen konnte. Der Grund dafür war, dass Sitztiefe und Sitzbreite überdimensioniert waren. Die körperlich kleine Tante, Onkel Erwins Frau, konnte sich nur vorne an die Kante setzen, damit ihre Füße Bodenkontakt bekamen. Dies bedeutete, sie hatte hinten keinen Halt. Setzte sie sich aber doch einmal so, dass ihr Rücken sich bequem anlehnen konnte, saß sie im rechten Winkel und nur ihre Füße überragten die vordere Sitzkante. So wie der kleinen Tante erging es uns allen, denn zu Riesenwachstum neigte in der Familie niemand. Der Meistersessel musste, das hatte Onkel Erwin wohl beabsichtigt, für ein fiktives Geschlecht von Giganten entworfen worden sein. Die Prüfer der Handwerkerinnung, in der Regel erfahrene Meister, hatten diesen Aspekt anscheinend übersehen. Obwohl der Sessel von uns allen als Sitzmöbel geschickt gemieden wurde, hatte er, da waren wir uns einig, eine dekorative Bedeutung.

Bevorzugt ließen wir die seltenen Gäste, die uns besuchten, in dem Meistersessel sitzen, mitunter auch Kunden von Onkel Erwin beziehungsweise potentielle Kunden, immer versehen mit dem Vermerk, dass sie in einem Meisterstück säßen. Die Besuche und die Kundengespräche dauerten nie lange, sodass das Konstruktionsproblem auf Anhieb nicht auffiel.

Am meisten wurde der Sessel als Wäscheablage genutzt, er bot ja mit seinen wulstigen Seitenteilen und der Gesamtfläche genügend Lagerplatz. Mitunter, dies aber begleitet durch Erläuterungen und Ermahnungen, den Sessel nicht allzu sehr zu strapazieren, war er ein wunderbares Spielgerät. Als Kind von fünf bis sechs Jahren verschwand ich regelrecht in den Tiefen des Raumes, konnte auf den Lehnen bestens sitzen und von der Oberkante des Rückenteils wunderbar auf die kolossale Sitzfläche springen. Da der Sessel ja ein echtes, von Hand gearbeitetes Meisterstück der frühen 50er Jahre war, bestand das Innenleben aus sehr belastbaren Gurten und einem stabilen Stahlfederkern und war gefüttert mit Watte und Rosshaar. Ein Meister-Trampolin der besonderen Art.

Durch die Nähe zum Fenster entdeckten wir das Problem, dass mitunter über viele Stunden die Sonne ihre Strahlen durch die Scheiben sendete und diese direkt auf den grünen Samtbezug des Sessels fielen. Fachleute wissen, und Onkel Erwin war unzweifelhaft einer, dass ständige Sonnenstrahlen die Stoffe bleichen und Farbe und Glanz verloren gehen. Nun wurde der **Meistersessel** am Tage mit einem großen Laken verhüllt. Es dauerte nicht lange, da entdeckte ich, dass dies für mein Spiel recht vorteilhaft war, denn die Form des Möbels und das übergeworfene Laken ließen einen zeltähnlichen Zwischenraum entstehen. Eine Höhle, ein Versteck, eine Rückzugsmöglichkeit. Irgendwann bin ich dann einmal in dieser Höhle eingeschlafen, was wiederum zu der Idee führte, ich könnte doch grundsätzlich in dem Sessel schlafen. Ein wenig präpariert und mit einem anderen Sessel verlängert, der bis an die Sitzkante des Meistersessels geschoben wurde, hatte ich nun ein eigenes Kinderbett. So sind meine kindlichen Träume gewürzt worden vom Geruch des Rosshaars, schwarzer Polsterwatte und Holzleim, auch vom Gefühl, in Samt gebettet worden zu sein.

Irgendwann veränderten sich unsere Wohnverhältnisse. Onkel Erwin, die Tante und ihr Sohn hatten nun eine geräumigere Wohnung in Heckinghausen und meine Mutter und ich ebenso. Die durch die Nachkriegssituation bedingte Wohnungsnot hatte ihr Ende. Der Sessel verschwand aus meinem unmittelbaren Alltag. Er stand aber weiterhin in dem neuen Wohnzimmer von Onkel und Tante, hatte dort einen Platz gefunden, allerdings ausschließlich zu repräsentativen Zwecken. Und jedes Mal, wenn ich Onkel und Tante besuchte, kam ich in den Genuss seiner Schönheit. Atmete sein einzigartiges Parfüm ein. Es roch nach Leim, Watte, Rosshaar, und auch das Kitzeln des Samtstoffes hatte nichts an Intensität eingebüßt.

Kurz nach seiner Meisterprüfung hatte Onkel Erwin sich selbständig gemacht. Es gab jetzt die **Polsterei Erwin Becker**.

Mehrfach ist er umgezogen mit seiner Werkstatt, aber immer, in all den vielen Arbeitsjahren, ist seine Firma ein Ein-Mann-Betrieb geblieben. Nie gab es Lehrlinge, niemals Angestellte, das ging so lange, bis er sechzig Lebensjahre schon weit überschritten hatte, dann löste er seine Werkstatt auf. Die großen Möbelfabriken mit ihren massiven und ausgeprägten Angeboten hatten den kleinen Handwerkern schon seit Jahren die Kunden abgeworben. Onkel Erwin hatte es all die Jahre nicht gemerkt oder erfolgreich verdrängt. Aber immer noch stand das Prachtstück von Sessel in seiner Wohnung.

Soweit ich mich erinnern konnte, hatte er in den vielen Jahrzehnten seiner Tätigkeit als Polstermeister keinen einzigen Auftrag erhalten, ein Double zu seinem **Meistersessel** anzufertigen. Es gab allerdings doch noch ein weiteres Exemplar. Ein Prachtstück, welches sozusagen außer Konkurrenz hergestellt und nicht für den Markt angeboten wurde. Einen Zwilling. Dieses Zwillingsmodell bekam Onkel Erwins Sohn, mein Vetter. Was er mit dem Zwilling machte, wo der Sessel stand, darüber soll geschwiegen werden.

Die Tante, Onkel Erwins Frau, hat ihren Mann um viele Jahre überlebt. Als sie starb, musste die Wohnung aufgelöst werden. Wie so oft bei diesen traurigen Angelegenheiten zwang hier die Realität zu klaren Entscheidungen. Neben vielen anderen Problemen tauchte auch der **Meistersessel** wieder auf, den die Tante noch so lange Jahre treu verwahrt hatte. Was sollte aus ihm werden. Mit Recht verwies der Vetter auf sein Zwillings-Exemplar, das sei ja schon Platz raubend genug. Er hatte keine Verwendung für ein weiteres Exemplar. Meine Mutter, die Schwester der Tante, lehnte ab, sie hätte in ihrer kleinen Wohnung keinen Platz für den **Meistersessel**.

So kam der Sessel zu mir. Meine Frau war nicht sehr begeistert, doch sie ließ sich überreden, allerdings stellte sie eine Bedingung: Der Sessel kommt nicht ins Wohnzimmer! Auf keinen Fall!

Aus sentimentalen Gründen konnte ich dieses Erbstück nicht ausschlagen. Er roch immer noch so fein nach Leim, der Duft des Rosshaars strömte unerlässlich aus seinem Inneren, und auch der samtene Bezug hatte nicht an Intensität verloren.

So reiste der Meistersessel nach Köln. Bevor es auf die Autobahn ging, das heißt, kurz bevor der Umzugswagen geschlossen wurde – ich habe es mit eigenen Augen beim Beladen gesehen –, schlüpfte einer der Möbelpacker auf die Ladefläche und von dort auf den Sessel. Der Mann hatte ein sicheres Auge für Räume und Flächen und nutzte die Gunst der Stunde. Die Türe wurde geschlossen – und ab ging die Reise. Als der Wagen dann in Köln geöffnet wurde, saß der gute Mann in Onkel Erwins Meistersessel und schlief den Schlaf eines tüchtigen Möbelpackers. Ich habe ihn heimlich beneidet. Die Fahrt in dem Sessel hatte den Mann wieder Kraft tanken lassen. Ausgeruht machte er sich mit seinen Kollegen ans Werk, denn jetzt musste das Ungetüm in unser neues Kölner Haus gebracht werden.

Wir haben zwar ein Haus, im Gegensatz zu den engen Wohnungen meiner Kindheit, doch Platz für den **Meistersessel** gab es darin nicht. In unser Wohnzimmer konnte er nicht, dies war eine Frage des Stils, außerdem hätte diese Lösung gegen das Votum meiner Frau gestanden. Ich wollte da keinen Familienstreit riskieren. Unsere Tochter lehnte ihn für ihr Zimmer rigoros ab. Der **Meistersessel** fand, ich kürze hier die Geschichte ab, seinen Platz im Keller. Neben Werkzeug, Bierkästen, Zeitungsbergen, Altkleidersammlungen, alten Schränken, Schuhregalen, Gartengeräten, dem Rasenmäher, staubigen Bücherkisten, Farbresten und leeren Eimern behauptete er sich gut. Oft, es muss der Redlichkeit wegen noch erwähnt werden, stand er mir im Wege, wenn ich mich an den Bierkästen zu schaffen machte oder zu meinem Werkzeugschrank musste. Allerdings nutzte ich ihn ab und zu, um mich für ein, zwei Minuten in ihm niederzulassen. Dann zog ich die Luft tief ein, prüfte noch einmal seine Sitzfestigkeit und dachte einen kurzen Augenblick an Onkel Erwin. An seine Werkstatt. Die Knopfmaschine, die vielen Nadeln, Hämmer, Zangen und Nägel, die stets staubige Luft, den brodelnden Topf mit Knochenleim, an meinen Onkel, wie er mit graublauem Kittel vor einem halbfertigen Sessel stand, mit seinen großen Händen den Stoff straffte und mit einem speziellen Hammer kurze Blauköppe in das Holz trieb. Blauköppe nannte er die sehr kleinen, bläulich schimmernden und mit einem runden Kopf versehenen Nägel, die er zu Abertausenden in seiner Werkstatt verarbeitete.

Nach zwei weiteren Wohnungsauflösungen in der Verwandtschaft wurde der Platz im Keller eng. Über zehn Jahre hatte uns der **Meistersessel** im Keller als Ablage gedient. Er hatte immer noch seinen Eigengeruch. War nach wie vor unversehrt. Der grüne Samtstoff noch manierlich. Nirgendwo ließ die Stahlfederung nach. Er war so wie immer: zeitlos und wuchtig. Dann wanderte er für einige Jahre in unsere Garage. Der Keller war ihm zu eng geworden. Die Garage, dies sei hier angedeutet, fristet seit Anbeginn ihrer Erbauung ein zweckentfremdetes Dasein. Dann wurde die Garage, die unser neues Auto überhaupt noch nicht kannte, zum Zwischenlager für die zwei schweren Motorräder der Tochter und des Schwiegersohns. Das war der Zeitpunkt, als wir uns von dem **Meistersessel** trennten. Es war ein wenig traurig. Abschiede haben immer eine depressive Dimension. So war es auch bei dieser Trennung. Ich habe es nachgerechnet, es waren genau 22 Jahre nach Onkel Erwins Tod.

Der Meistersessel kam in einen Kindergarten der Stadt Köln, den meine Frau schon seit über zwanzig Jahren leitet. Er sollte noch, weil er sauber und gut in Schuss war, einen Sinn in seinem Dasein haben. Im Kindergarten geschah auch das, auf das wir insgeheim gehofft hatten. Der grüne **Meistersessel** von Onkel Erwin wurde geliebt. Heiß und innig geliebt. Er wurde in Besitz genommen von den Kindern. Endlich gab es einen Sessel, einen Riesensessel und eine Alternative zu den kleinen, harten Kindergartenstühlen. Endlich ein Sessel, in dem man auch zu dritt oder viert nebeneinander sitzen konnte und der gleichzeitig noch für weitere Kinder auf den Armlehnen und oben auf dem Rückenteil Platz hatte. Endlich ein Sessel, auf dem man klettern und springen konnte. Das haben die Kinder auch reichlich getan.

Der **Meistersessel** war sehr, sehr belastbar. Er stand nunmehr in der Spielhalle der Kinder, und mit ihm wurde auf vielfältigste Art gespielt.

Einmal im Jahr kam in diesem Kindergarten der Nikolaus zu den Kindern. Und dieser Nikolaus war ich. Ja, ich habe mir über zwanzig Jahre die Zeit für diese Aufgabe abgezwackt. So um den 6. Dezember wechselte ich Kostüm und Rolle und verwandelte mich in den Nikolaus.

Genau konnte der Nikolaus den Kindern nie sagen, wann er kam. Mal pünktlich zum 6. Dezember oder erst zum 7. oder sogar noch einen Tag später. Aber, das war den Kindern klar: Versprochen ist versprochen. Denn jedes Mal, wenn sich der Nikolaus von den Kindern verabschiedete, fragte er sie: *„Soll ich im nächsten Jahr wiederkommen?"* Und die Kinder riefen alle: „Ja, ja, komm bitte wieder." Das tat dem Nikolaus immer sehr gut. Es gibt kaum etwas Schöneres auf der Welt, als Kinder glücklich zu machen. Das lag auch daran, dass dieser Nikolaus keine Rute und keinen Knecht Ruprecht hatte. Auch dass dieser Nikolaus mit jedem Kind sprach und ihnen allen etwas mitbrachte. Manchmal freuten sich die Kinder so sehr auf den Nikolaus, dass sie ihm Lieder sangen oder sogar etwas vorspielten. Dann wurde der Nikolaus in einen großen Sessel gesetzt, neben ihm stand der Sack mit Geschenken, und er sah und hörte sich an, was die Kinder ihm vorspielten. Und wenn der Nikolaus dann da so saß, zwischen all den Kindern, den Weihnachtssternen, den blanken Augen, Nüssen und Äpfeln, roch er auch noch das Rosshaar, die Watte, den Holzleim und spürte sogar durch sein Nikolauskostüm den samtenen Stoff des alten Meistersessels. Dann lehnte er sich weit zurück, schloss ein wenig die Augen, fast als wollte er in den Sessel kriechen und dort einschlafen. Von den Großen und Kleinen, den Erwachsenen und den Kindern in dem Kindergarten wusste aber keiner, dass er das schon oft getan hatte, damals, damals, als er selbst noch ein kleiner Junge gewesen war.

Der Tritt

Kai rutschte mit dem rechten Fuß zur Seite.

„Verflixt!"

Angelika hatte den Hundehaufen im letzten Augenblick noch gesehen, doch kam ihr Warnruf zu spät.

„Hundekacke. Scheiße!"

„Da bist du aber kräftig reingetreten. Das hat ja gespritzt!"

„Und wie, bin fast noch ausgerutscht."

„Sieht aber eklig aus. So gelb."

„Hellgelb ... Wie Eierlikör."

Kai betrachtete seinen rechten Schuh. Auf beiden Seiten des Schuhs quoll Hundekot hervor. Transparentes Gelb, hoch hinauf bis an das Schuhleder. Der Absatz war verschmiert. Der Schuh hinterließ beim Gehen deutliche Abdrücke.

„So 'ne Scheiße! Einen Moment nicht aufgepasst und schon hängt dir das Zeug am Bein."

„Sei vorsichtig, damit du dir nicht noch die gute Hose beschmierst."

Angelika, die pragmatische Angelika, versuchte den Schaden zu begrenzen. Sie war in komplizierten Situationen ihrem Kai immer überlegen. Kai blickte sich um.

„Nirgendwo Gras. Kein Strauch. Kein Grün. Nichts. So kann ich doch nicht ... Ausgerechnet jetzt. Ausgerechnet ..."

„Das muss aber jetzt weg!"

„Klar muss das weg. Weg. Weg, weg, weg. Ich krieg' 'ne Krise. Ausgerechnet jetzt vor dem Konzert. Ich kann doch nicht mit dem Schuh ins Weihnachtskonzert gehen. Scheiße am Fuß. Verdammte Scheiße!"

„Kann man so sagen. Wir hätten doch besser mit der Straßenbahn ..."

„Hätten, hätten, hätten. Hör auf mit deinem HÄTTEN. Das

hat doch mit der KVB nichts zu tun. Du rennst doch keinen Meter zu viel. Hätte dir ja auch früher einfallen können!"

„Sei nicht so gereizt. Auf jeden Fall habe ich solche Tretminen noch nicht an den Haltestellen gesehen."

Jetzt humpelte Kai über den asphaltierten Gehweg, als hätte er einen Dorn im Fuß. Stützte sich an einer Parkuhr ab, spreizte den Schritt, winkelte das Bein an und besah sich den verschmierten Schuh. Vorsichtig schob er dabei das Hosenbein seines dunkelblauen Anzuges nach oben.

„Das ist doch nicht normal. Das Vieh muss doch krank gewesen sein. Darmkrebs oder so."

Vorsichtig humpelte er weiter zur nächsten Parkuhr. Das Hosenbein hochgezogen. Noch immer hinterließ der Schuh Abdrücke. Mit dem rechten Fuß trat er vorsichtig auf, sehr vorsichtig, als trüge er einen Gehgips.

„Hast du ein Papiertaschentuch dabei? Ein ‚Tempo' vielleicht. Das muss doch irgendwie weg. Wie spät ist es denn?"

„Zwanzig vor acht!"

Angelika öffnete ihre kleine schwarze Handtasche. Sie war zwei Schritte zur Seite gewichen und vermied es, in die Fußstapfen ihres Mannes zu treten.

„Nein. Nichts. Nee. Nichts. Leider. Nee."

Emsig durchwühlte sie ihre Tasche, dabei zählte sie laut auf: *„Lippenstift. Handy. Schlüssel. Tampons. Eintrittskarten. Geld. Nee, keine Papiertücher. Ich hab' nur das feine Weiße, das mit den gehäkelten Rändern. Das von Tante Emmi …, aber das gebe ich nicht her. Würde auch nicht ausreichen."*

„Ausgerechnet heute. Wie immer. Du schleppst doch sonst immer deinen ganzen Kram mit …"

„Aber nicht, wenn wir ins Weihnachtskonzert gehen. Auf dein Anraten hin habe ich ja erst die Tasche von i h r e m K r a m

befreit. Und hör jetzt endlich auf, mich anzumotzen. Schließlich hast du ja in den Haufen getreten und …“

„Haufen??"

„Ist ja auch egal. Wir haben noch eine knappe halbe Stunde. Knappe!"

„Die Scheiße muss weg!"

„Vielleicht finden wir ja Papier. Einen Papierkorb. Dahinten! Sieh, dahinten ist einer!"

„Nirgendwo Gras. Kein Blättchen. Da reden die in Köln immer von Grüngürtel."

„Aber doch nicht in der Innenstadt. Hör jetzt endlich auf."

Das Paar strebte auf einen der verzinkten Papierkörbe zu, die in unregelmäßigen Abständen die Innenstadtbezirke reinhalten sollen. Kai humpelte mit hochgezogenem Hosenbein vorsichtig vor seiner Frau Angelika.

„Das ist ja bis zur Fersenkappe!"

„Das weiß ich. Hör du jetzt auch auf."

Ihre Köpfe senkten sich gleichzeitig über die verengte Öffnung des Abfallbehälters."

„Keine Zeitung. Noch nicht mal eine BILD. Nichts."

„Aber eine Serviette. Da!"

„Da hängt aber Ketchup dran. Vollgeschmiert. Nimm lieber die Frittentüte oder die Pappschale zum Schaben."

„Die Schale ist besser. Die Frittentüte ist aus Pergament, das saugt nicht."

Kai angelte zwei Pappschälchen aus der Tiefe des Müllbehälters. Mit spitzen Fingern hielt er Angelika seine Fundsachen zur Begutachtung hin.

„Nicht geeignet. Majo und überall Sauce. Guck noch mal rein. Tiefer. Ganz unten!"

Erneut grub Kai mit einer Hand in dem Mülltopf. Das war nicht einfach, denn der Behälter hatte nur eine schmale Öffnung.

„Plastiktüte. Zigarettenschachteln. Eine Magenbitterflasche. Zwei zerrissene Eintrittskarten für den ‚Kölner Eishockey-Club‘. Da sind ja noch zwei Servietten!!"

„Wunderbar. Hol sie raus!"

„Das müsste gehen. Die sind nicht so verklebt und verschmiert."

„Sei aber vorsichtig."

Kai war vorsichtig. Sehr. Fast behutsam. Seitlich an einen Laternenpfahl gelehnt, das rechte Bein angewinkelt, hantierte Kai an seinem Schuh. Angelika sah ihm angewidert zu.

„Es geht ganz gut ab. Grob, meine ich. Weil es so dünn ist. Wie kann eine solche Bestie nur so dünn scheißen. Ekelhaft. Und es riecht so, wie es aussieht. Ekelhaft. Würde mich nicht wundern, wenn ich einen Herpes kriege."

„Mach es nur grob weg, Kai. Wir kommen doch noch bei McDonald's vorbei. Die haben immer gute Toiletten. Dann wäschst du den Schuh einfach mit Wasser ab. So viel Zeit haben wir noch."

Sie blickte dabei auf ihre kleine Armbanduhr.

Kai versenkte die Servietten wieder in den Abfalleimer. Mit langen Schritten – und ohne sich nach seiner Frau umzusehen – hastete er auf eine Zweigstelle der bekannten Hamburger-Kette zu, die mit einem gläsernen Reklame-Clown an der nächsten Straßenecke um Kunden warb.

„Wir haben noch knapp zehn Minuten. Wenn du dich dranhältst ... Ich kann ja nicht mit auf die Toilette gehen."

Kai verschwand in der Herrentoilette. Langsam schloss sich die Türe. Angelika überflog die zahlreichen Reklamehinweise.

„Mäc Texas", „Fish Mäc", „Big Mäc". Vier jüngere Kinder liefen mit kleinen Papierfähnchen an ihr vorbei. Eine dunkelhäutige Frau wischte mit einem dünnen Tuch einen verkleckerten Tisch ab und schob mit einem Besen zwei Kartoffelstäbchen auf ein langstieliges Kehrblech. Angelika schaute auf ihre Uhr. Drei Minuten waren bereits vergangen. Nach drei Minuten und vierzig Sekunden stand Kai wieder neben ihr. Er hatte noch nasse Hände. Sein rechter Schuh glänzte feucht.

„Hat ja noch wunderbar geklappt. Jetzt aber los!"
Angelika hatte jetzt die eindeutige Führerschaft übernommen. Immer drei Schritte vor Kai lief sie über die Hohe Straße. Dann kam die windige Domplatte. Die flachen Treppen hinunter. Da war die Philharmonie. Glastüren. Breite Teppiche. Wieder Glastüren. Der Vorraum war schon menschenleer. Mit hochgezogener Stirn wurden ihnen von einer sehr korpulenten Dame die Karten entwertet, die bei diesem Vorgang gleichzeitig den Zeigefinger ihrer rechten Hand vor die Lippen legte und leise flüsterte: „Es hat fast schon begonnen. Bitte sehr, sehr leise."

Angelika und Kai nickten wortlos und stürmten weiter. Die flauschigen Teppiche schluckten ihre heftigen Schritte.

„Zweites Parkett. Reihe vier. Pst! Pst!"
„Wir waren im Stau auf der Zoobrücke."
„Pst! Es geht gerade noch."

Die dicke, schallgeschützte Türe wurde geöffnet. Aus dem Konzertsaal drangen die ersten musikalischen Töne.

„Vom Himmel hoch, da komm' ich her ..."
„Pst! Da ist Reihe vier. Pst!"

Fast alle Platzanweiserinnen schienen sich auf dieses „Pst!" spezialisiert zu haben.

„Pst! Da, die beiden leeren Plätze."
Kai und Angelika schoben sich an den schon sitzenden Zuschauern in der vierten Reihe vorbei. Auf der Bühne ordneten sich die Künstler. Sie hatten es gerade noch geschafft. Ganze zehn Minuten brauchte ihr Kreislauf, um sich zu beruhigen.

„Inmitten der Nacht, als Hirten erwacht!
Die Hirten im Feld
Verlassen ihr Zelt ...“

Kai saß neben einer älteren Dame mit dunkelrotem Brokatkleid. Ihr Körper bog sich langsam nach vorne und mit einem immer länger werdenden Arm inspizierte sie ihre Handtasche, die vor ihr auf dem Boden stand. Die Dame öffnete die Tasche einen Spalt und zog eine kleine Flasche hervor. 4711. Sie schüttete von der Flüssigkeit einen erheblichen Teil auf ein rosa Taschentuch und drückte es sich dann feste gegen ihre Nase.

Es dauerte eine kurze Zeit, bis Kai und Angelika den strengen Geruch von Exkrementen wahrnahmen.

Der Chor aber sang und sang und sang:

„Komm, Bruder, heraus,
wir wollen nach Haus.
Kommt alle, wir wollen
dem Kindlein was holen,
kommt einer hierher,
so kommt er nicht leer!“

Kai starrte unentwegt auf sein rechtes Hosenbein. Immer auf sein rechtes Hosenbein.

Falsche Richtung

Es ist Sonntagmittag. Februar. Die Linie 3 fährt in Richtung Neumarkt. Ich finde auf einem Sitz hinter einer Türe noch Platz. Auf der linken Seite, ebenfalls auf den engen Sitz hinter der gegenüberliegenden Türe, haben sich zwei dicke Männer gequetscht. Beide hocken dicht nebeneinander. Massige Körper, jeder mit starkem Übergewicht. Auffallend sind ihre Köpfe. Die Schädel sind blank rasiert, beide tragen Bomberjacken. Der Ältere der beiden wird schon über 40 Jahre sein, der andere knapp zwanzig. Sie sprechen sehr laut, und je lauter und ungestörter sie das tun, desto schweigsamer verhalten sich die Menschen auf den anderen Sitzen. Die beiden Dicken haben offensichtlich Alkohol getrunken. Zwischen ihren Beinen und der kleinen Wand vor ihnen, die den Sitzbereich von der Straßenbahntüre abgrenzt, befinden sich einige Plastiktüten. Auf den Knien liegen Reisetaschen.

Ihre lautstarke Unterhaltung ist unüberhörbar. Die wenigen Fahrgäste schauen aus dem Fenster, lesen angestrengt, vermeiden den Blickkontakt mit den zwei Kahlköpfen. Der Jüngere verkündet: „Wir fahren nicht Richtung Neumarkt!"

„Doch, da bin ich sicher!"

„Wir müssen in die andere Richtung!"

„Nein, nicht. Wir fahren doch über den Rhein!"

„Wir müssen über den Rhein!"

Jetzt holt der Ältere eine Flasche aus einem Plastikbeutel. Es ist eine volle Schnapsflasche.

„Trink!"

„Keine Angst, ich trinke die nicht aus."

„Mach schon!"

Der Jüngere nimmt zwei tiefe Züge. Jetzt reißt er den Arm hoch.

„Ich bin nicht mehr in Merheim. D i e K a r a w a n e z i e h t w e i t e r, d e r S u l t a n h ä t D u r s c h.“

Der Ältere entreißt ihm die Flasche. Er trinkt. Einmal, zweimal. Er stimmt in den Gesang ein. „Die Karawane zieht weiter …“

„Wir fahren ja nicht zum Neumarkt. Wir müssen in die andere Richtung!“

Das erregt Widerspruch.

„D u w e i ß t i m m e r a l l e s b e s s e r!“

Der junge Kahlkopf beharrt auf seiner Meinung.

„Ich kenn' mich aus!“

Das Trinken geht weiter. Die anderen Fahrgäste konzentrieren sich auf das Wegsehen.

„Und ich sage dir, der Adolf kommt wieder. Auf jeden Fall!“

„Ich könnte dich küssen, tu ich aber nicht. Gib mir mal die Flasche. Ich will zum Neumarkt!“

„D i e K a r a w a n e z i e h t w e i t e r …“

„Neumarkt!!!“

An der Haltestelle Poststraße fragt der Jüngere eine Frau, die in die Bahn steigt, nach dem Neumarkt.

„Noch eine Station!“

Der ältere Trinker fühlt sich bestätigt.

„Sag' ich doch!“

„Halt die Schnauze! Ich heiß' nicht Jürgen!“

„Hab' ich doch gar nicht gesagt!“

„Du hast Jürgen gesagt!“

„Hab' ich nicht. Gib mir jetzt die Flasche her!“

„Ich dachte, du bist mein Freund?“

„Ich bin der Sultan!“

„Aber auch mein Freund?“

„Ja, dein Sultan-Freund! Wir sind jetzt da!“

„Wo?“

„Wirst du schon sehen. Der Sultan weiß alles.“

Die Bahn hält in der U-Bahn-Station Neumarkt. Die beiden

Kolosse raffen ihre Tüten und ihre Taschen zusammen. Sie stürzen zur Türe, diese öffnet sich nicht sofort. Der Jüngere tritt gegen die Türe. Der Ältere mahnt: „Lass das sein, Jürgen!"

Beide torkeln auf den Bahnsteig. Sie verschwinden zwischen den Menschen, die über den Bahnsteig hasten.

Der schwebende Engel

Sie ging immer in dieselbe Bäckerei. Das Brot war gut. Hier konnte sie einzelne Scheiben kaufen. Sie nahm regelmäßig zwölf Scheiben, damit kam sie die ganze Woche aus. Ihr Appetit hatte nachgelassen. Sie ernährte sich fast nur noch von Brot. In dieser Bäckerei hatte sie sogar eine Auswahl: vier Scheiben Nussbrot, vier Scheiben Landbrot und vier Scheiben Schwarzbrot. Manchmal auch Bergisches Kastenbrot.

Im letzten Krieg hatte sie ihren Mann verloren. Damals war sie vierundzwanzig Jahre alt gewesen. Ihr Mann war drei Jahre älter. Er starb in Nordafrika. Eine Mine hatte ihn getötet. In der Wüste. Die Namen der Länder hatten sich geändert. Sie weigerte sich nachzuforschen, wie denn das Land heute hieß, in dem ihr Mann geblieben war. Es war irgendwo in der Wüste gewesen. Alles war jetzt schon über sechzig Jahre her. Das Gesicht ihres Mannes hatte sie fast vergessen. Sie konnte es sich kaum noch vorstellen. Manchmal nahm sie ein altes Foto und sah es an. Das Gesicht verschwamm ihr immer, doch sie dachte noch oft an ihn. Sie hatte nach seinem Tod niemals mehr einen anderen gehabt.

Wenn sie das Brot hatte, ging sie in die Antoniterkirche. Ihre Beine waren schwach. Sie war jetzt schon siebenundachtzig Jahre alt. Für den Weg von der Bäckerei zur Kirche brauchte sie eine Viertelstunde. Manchmal blieb sie unterwegs stehen, sah den Straßenmusikanten zu, hörte die fremden Stimmen der Menschen, sah in ihre Gesichter oder sie beobachtete, wie die Männer in den orangen Overalls Müllbehälter leerten. Ein paar Minuten blieb sie immer in der Nähe des Obststandes stehen. Hier genoss sie das Aroma der vielen Früchte. Es gab Obstsorten, die sie gar nicht kannte. Sie las die fremden Namen, doch auf dem Rückweg hatte sie die schon wieder vergessen. Dann ging sie in die Kirche. Sie besuchte jede Woche den Engel.

Mit dem Engel sprach sie. Der SCHWEBENDE ENGEL war aus Bronze. Er hieß auch Todesengel. Mit ihm hatte sie eine Gemeinsamkeit. Auch der SCHWEBENDE ENGEL war im Krieg zerstört worden. Mutwillig eingeschmolzen. Aus dem Engel war vielleicht eine Kanone gemacht worden. Als der Krieg vorbei war, hatte man den Engel neu gegossen. Jetzt gab es wieder zwei oder drei von ihnen. Es war ein Glück, dass man die alten Formen noch gefunden hatte.

Wenn sie bei dem Engel war, wurde sie ganz ruhig. Sie dachte an ihren Mann. An die vielen anderen Jungen, die man in den Krieg geschickt hatte und die nie wiedergekommen waren. Jetzt waren wieder deutsche Soldaten in der Welt. Diesmal in Friedensmission. Sogar in Afrika und in Afghanistan. In Afghanistan sollte die Freiheit der Deutschen verteidigt werden. Das verstand sie nicht.

Die zwölf Schnitten Brot in der Bäckerei kosteten zwei Euro und dreißig Cent. Sie zahlte immer mit dem kleinsten Schein und das Restgeld warf sie in den Opferstock.

Sie war nicht sehr fromm und den Pfarrer ihrer Gemeinde kannte sie nur aus Erzählungen. Doch wenn sie bei dem Engel war, wurde das Gesicht ihres Mannes wieder ganz deutlich, dann war er wieder nahe bei ihr.

Der Kinderbaum

Der Alte ging auf das Fenster zu. Seine große knochige Hand umfasste den Griff des Krückstockes völlig. Beim Gehen zog er schwer das rechte Bein nach. Links knickte er in der Hüfte ein. Auf den Stock gestützt, öffnete er mit der freien Hand das Fenster.

„Wir haben hier nie Blumen stehen. Das Fenster soll frei bleiben!"

Er sprach im Plural. Wen mochte er mit WIR meinen? Seine Frau war schon seit Jahren tot.

Jetzt richtete er seinen Oberkörper ein wenig auf. Da war wieder das Knicken. Nun verlagerte er das Gewicht auf das andere Bein. Den Stock richtete er auf das geöffnete Fenster, er durchbohrte die Luft.

„Hier sehen Sie ein Stück des Tales. Die Spitze da gehört zur Wupperfelder Kirche, dahinter geht es nach Wichlinghausen. Wenn Sie sich hier rausbeugen und nach rechts blicken, sehen Sie den Sportplatz an der Widukindstraße. Der gehört dem Eisenbahnersportverein, doch da spielt immer der Sportclub drauf. Und dahinter liegen der Güterbahnhof und die Schwebebahn. Ach ja, die Schwebebahn ist ja jetzt nicht mehr zu sehen. Wir sind ja froh, dass die Kastanie stehen geblieben ist. Dahinten! Sehen Sie? Dahinten!"

Sein ausgestreckter Arm und die Krücke bildeten eine Gerade.

„Das war der Spielplatz für die Kinder. Sie glauben gar nicht, wie viele Blagen da immer gespielt haben. Im Herbst kam Karin immer und hatte die Tasche voll mit Kastanien. Die hat immer alles mitgebracht, was ihr gefiel. Es war der Kinderbaum für die ganze Straße. Alle spielten dort. Detlef, Herbert, Klaus, Katarina. Ja, alle. Und Kinder gab es hier immer sehr viele. Einmal gab es drei Baumbuden zur gleichen Zeit in der Kastanie. Oben in der letzten Gabel hatte sich Jochen einen Hochsitz gebaut. Die hatten einen Gemüseladen. Über hundert Jahre in Familienbesitz. Das Geschäft gibt es jetzt auch nicht mehr. Wenn Karin was von uns wollte, hat sie sich vom Baum aus gemeldet. Bei Sonnenschein mit dem Spiegel, wenn es dämmrig wurde, mit der Taschenlampe. Wie ein Junge war unsere Karin. Die machte alles mit. Kletterte bis zu den höchsten Ästen. Balancierte über jede Mauer. In der alten Diederich-Brauerei hatten die ihre Bude. Karins Bande. Ja! Klettern konnte sie gut. Vom Baum aus bis hier zu unserem Haus sind es gute zweihundert Meter Luftlinie, etwas mehr. Meistens wollten die Blagen etwas zu essen haben. Törfs? Kommen Sie aus Wuppertal?"

Der Alte wartete die Antwort erst gar nicht ab.

„Wir sagen hier nämlich Törfs, das sind die dicken Butterbrote. Die Kinder liebten das. Manchmal waren die Törfs so dick wie ein Gesangbuch …

Hier, sehen Sie, hier gibt es immer noch eine kleine Kerbe in der Fensterbank. Hier haben wir Karin einen Korb runtergelassen. An einem Seil. Das hat meistens meine Frau gemacht. In den Sommerferien fast täglich. Wir hatten doch nichts. In die Ferien fahren gab es nicht. Da hatten wir kein Geld für. Einmal sind wir für zehn Tage an die Mosel gefahren. Nach Winningen. Das war schön. Da hat Karin auch das Schwimmen gelernt. In der Mosel. Manchmal hat Frau Bücker, die wohnte unter uns, den Korb aufgehalten und auch noch etwas reingelegt. Frau Bücker mochte Karin. Wenn Karin im Baum saß und mit dem Spiegel blinkte, begann meine Frau schon die Törfs zu schmieren. Kurze Zeit später rutschte dann der Korb runter. Oft sahen wir dann die Kinder von hier alle im Kastanienbaum. Karin hatte die Brote verteilt – und alle aßen mit …

Es ist schade, dass die Schwebebahn nicht mehr zu sehen ist. Wirklich. Aber ich kann sie noch hören. An warmen Tagen rauscht sie, und wenn es regnet, quietscht sie. Da merkt man, wenn das Wetter umschlägt. Sie werden sich dran gewöhnen."

Der Alte beugte sich nun ein wenig aus dem Fenster. Den Stock hatte er an die Fensterbank gehängt. Mit beiden Händen hielt er sich am unteren Fensterrahmen fest. Die Hände waren groß. Hände, die viel Arbeit hinter sich hatten. Die Handrücken waren von großen blauen Adern durchzogen. Die Haut war gelb und an den Knöcheln weiß.

„Obwohl wir ja auch die Eisenbahn direkt vor der Haustüre haben, hat sich Karin schon als kleines Kind immer mehr für die Schwebebahn interessiert. Vielleicht, weil sie so hoch und frei fährt, so unerreichbar hoch in der Luft. Das ist schon einzigartig. So hoch in der Luft und dann fährt sie auch noch. Als ich sie letztes Jahr im Petrus-Krankenhaus besuchte – sie lag schon auf der Intensivstation –, fragte sie mich nach der Schwebebahn. Sie lag da und hatte die Augen geschlossen. In ihrem Zustand wusste man nicht so genau, ob sie wach war oder schlief. Da fragte sie mich mit geschlossenen Augen: „Weißt du noch, Papa, als ich als kleines Kind immer Sswebebahn gesagt habe?"

Sie hatte als kleines Kind eine Zeit lang Schwierigkeiten, das „Sch" richtig auszusprechen. Ich glaube, das Wort Schwebebahn gehörte mit zu ihren ersten Worten. Die Kinder saßen im Baum und winkten den Fahrgästen zu. Karin stand oft am Fenster und sah der Schwebebahn nach. Ich hab' ihr dann erzählt, dass das Autohaus fertig gebaut ist. Keiner hatte ja damit gerechnet, dass das Haus so hoch werden würde. Und da hat sie mich gefragt, ob man denn von unserem Fenster noch die Schwebebahn sehen könne. Da musste ich es ihr ja sagen. Sie war völlig klar im Kopf. Trotz der Schmerzen und der vielen Medikamente. Ich konnte sie nicht belügen. Und dann hat sie mich gefragt: „Was ist denn mit unserem Baum, Papa?"

Und dann habe ich gesagt: „Der Baum steht, Kind!"
Das hat sie beruhigt. Sie hat sogar ein wenig gelächelt.

Der Alte drehte sich ruckartig herum, dann angelte er nach seinem Stock. Er rückte seine Hüfte zurecht und schloss ein wenig das Fenster.

„Wenn Sie den Warmwasserboiler im Badezimmer haben möchten, lass' ich ihn drin. Sie können auch die Spüle haben, warum soll sie denn rausgerissen werden. Das Schlafzimmer bekommt eine junge Familie aus Polen. Die haben zwei Jungen. Ich nehme nur sehr wenig mit. Kaum was. Die Zimmer im Seniorenheim sind fast alle möbliert.

Das Fenster stand immer noch ein wenig offen. Der Alte schlurfte und knickte durchs Zimmer. Jetzt zog er das rechte Bein noch schwerer nach.

„Ach, was ich noch sagen wollte. Ich hab' ihr nicht gesagt, dass keine Kinder mehr auf den Baum dürfen. Das ist den Leuten vom Autohaus zu gefährlich."

Der schwarze Drache

Für Roswitha Grasshoff

Neulich habe ich mich mit einem Spezialisten unterhalten. Ich bin zu Dr. Hinnenbeck gegangen.

„Ein Tattoo am Hals ist besser als ein Tattoo auf dem Hintern", sagte Dr. Hinnenbeck.

Das hatte mich verblüfft!

„Und warum, Herr Doktor?"

„Ganz einfach", hatte Dr. Hinnenbeck gesagt: „Am Hintern ist die Hautschicht dicker! Je weiter unten am Körper, desto länger dauert die Prozedur! Das Fett macht die Sache komplizierter!"

Darüber hatte ich noch nie nachgedacht! Jetzt hatte ich wieder ein Problem. Diese Information brachte mein individuelles Tattoo-Projekt ins Wanken. Jetzt bin ich wieder im Planungsstadium.

Letzte Woche war ich im Schwimmbad. Schönes Ambiente. Kein Zeitstress. Angenehme Wassertemperatur. Interessante Gäste. Massagedüsen für Rücken, Extremitäten und so. Es war auch nicht voll. Unter der Dusche sah ich dann einen roten Drachen. Einen Mann mit einem riesigen roten Drachen auf dem Rücken. Ein Drachen mit spitzen Flügeln, scharfen Krallen und der Drache konnte auch noch Feuer speien. Vom Nacken bis zum Gesäß! Ich war beeindruckt.

Den Wunsch nach einem eigenen Körperbild trage ich schon lange in mir. Aktuelles Interesse wurde jedoch erst vor zwei Jahren in Stralsund geweckt. Ich saß in einer Hafenkneipe und bestellte einen Cappuccino. Es war heller Mittag. Draußen suchten sich zwei kleine Segler ihren Weg durch die Wellen. Am Kai promenierten einige Pärchen. Zwei Skater übersprangen eine flache Mauer. Ein dicker Mann aß eine Currywurst. Als die Kellnerin mir entgegenwogte, wurde mein Blick fast automatisch von ihrem tiefen Ausschnitt angezogen. Die Dame hatte etwas Magisches an sich. Auf ihrer linken Brust befand sich, in der Größe der alten Fünf-Mark-Stücke, blauschwarz und kontrastreich gezeichnet: eine Spinne! Ein Busenbild.

Die Dame hatte ansonsten überhaupt nichts Spinnenhaftes an sich. Drei Blicke auf ihre Spinne haben mich von meiner Spinnenphobie befreit. Ich hatte mir nach dem Cappuccino schnell noch einen *Rostocker Kümmel* geordert, den gibt es dort in der Gegend, und ihr dann drei Euro Trinkgeld gegeben. Es ist nicht einfach, Menschen von seelischen Defekten zu befreien. Die Frau hatte es sich redlich verdient.

Ich hatte einen Schulfreund. Heini Neuhaus. Zu ihm ging ich immer gerne. Die Neuhaus' hatten viele Kinder, da fiel ein weiteres nicht auf. Der Vater von Heini war Boxer. Im Wohnzimmer hingen Fotos von ihm als Faustkämpfer. Daneben zwei Paar Boxhandschuhe. Das hatte mich damals sehr beeindruckt. Einen Boxer als Vater hätte ich auch gerne gehabt. Hatte ich aber nicht. Aber das Tollste an Heinis Vater waren seine Tätowierungen. Nackte Frauen auf den Unterarmen. Einen Totenkopf auf der Brust und gleich zwei Adler prominent auf den Oberarmmuskeln. Einen Haifisch auf dem Rücken. Meine Mutter fand das gar nicht so gut, wenn ich von Heinis Vater, dem tollen Boxer, schwärmte.

Der wäre früher mal Boxer gewesen. Der würde jetzt nur noch auf der Kirmes boxen. Und die meisten Tätowierungen hätte der doch aus dem Gefängnis!

Ich fand Heinis Vater trotzdem toll.

Apropos Boxer. Neulich sah ich den Mike Tyson. Ja, den kräftigen schwarzen Muskelberg. Den ehemaligen Weltmeister. Der mit einem kräftigen Biss einem Gegner ein Stück vom Ohr geknabbert hatte. Der hat sich die halbe Gesichtshälfte mit einem schauderhaften Tattoo dekorieren lassen. Tyson war ja immer schon ein wilder Bursche. Das Tattoo macht ihn nun nicht gerade zu einer Soft-Ausgabe dieser Sportart. Nein, nein, keine Angst, ein Gesichts-Tattoo kommt für mich nicht in Frage.

Der kleine, dicke Diego, der Maradonna, der argentinische, der mit dem runden Leder so tolle Zauberkunststücke konnte, der hat auch ein Tattoo. Auf dem linken Oberarmmuskel hat der sich doch glatt Che Guevara sticheln lassen. Was der Che wohl davon hielte? Das ist ein interessantes Motiv! Wie gesagt, am Hals, im Genick oder auf dem Oberarm ist besser als auf dem Po. Tattoos haben heute Kultstatus. Das hat nur noch nicht jeder gemerkt.

Ich muss noch einmal auf den roten Drachen zurückkommen. Der aus dem Schwimmbad. In der offenen Männerdusche hatte ich den roten Drachen ja genau gesehen. Trotz gechlortem Wasser. Ein Riesenteil. Breite Nüstern, scharfe Zähne, spitze Krallen. Rot. Grün. Gelb und schwarz. Aber das Rot dominierte. Ein dampfendes und drohendes Ungetüm. Fabelwesen aus einer fernen, exotischen Welt. Geheimnisvolles Asien. Vielleicht würde mich ein kleiner Drache zieren. Er müsste auch nicht rot, grün oder gelb sein. Auf dem Oberschenkel vielleicht? Einfarbig! Schwarz.

Tattoo-Shops gibt es jetzt überall und reichlich. Es soll 4000 Studios in Deutschland geben. Heute muss man nicht mehr nach Hamburg oder Amsterdam fahren. Kein Problem. Mein Nachbar Daniel erzählte mir, doch das ist ein Gerücht, der Kölner Kardinal habe sogar ein Tattoo. Er wisse aber nicht das Motiv, auch nicht die Stelle, wo der Kardinal …

Neulich sah ich sogar einen VW-Bus auf unserer Straße mit einem Werbeslogan für das Tätowieren. **Tattoo auf RÄDERN. Wir kommen auch nach Hause.** Eine Drohung oder ein Versprechen? Auch Frauen finden zunehmend Gefallen an der Körperkunst. Pech hatte Sybille T., eine 30-jährige Investmentbankerin aus Köln. Die Dame hatte sich auch ein Tattoo in die Haut sticheln lassen. Eine Steißbeintätowierung. Sie ließ eine Arabeske, ein stilisiertes Rankenelement, oberhalb ihrer Gesäßbacken anfertigen. Leider war das Kunstwerk nicht völlig mittig – und nun sieht die gelernte Betriebswirtin ihre Lebensqualität beeinträchtigt. Jetzt lässt sie ihren Fall vor Gericht prüfen. Die Dame hat ein echtes Problem. Für die Dame ist es schwierig, weil doch heute fast alles mittig ist.

Ein kleiner Drache auf dem Oberschenkel. Ganz für mich allein. Mit einer beinlangen Badehose könnte ich auch unerkannt im Schwimmbad unter der Dusche stehen. Keiner würde ihn sehen. Meinen kleinen Drachen. Nur für mich allein!

Die Dame in Stralsund hatte ja diese Spinne mit dem Therapieeffekt. Ich habe mir schon oft die Frage gestellt: „Gab es nur diese eine Spinne? Oder war die Kellnerin eine heimliche ‚Madame Goulou'? Eine Schaustellerin aus dem Rotlichtmilieu, wie sie mein Lieblingsdichter Fritz Grasshoff vor über 50 Jahren in einem Lied beschrieben hat. Eine halbseidene Dame, die ihren Körper ausstellte plus Bilderwelten." Wer weiß!?

In St. Pauli gibt es eine originelle Type. Tattoo-Theo. Theo ist ein lebendes Bilderbuch. Ein selbstverliebter Vetter der Goulou. Der Mann lebt in einer neuen, von Nadelkünstlern geschaffenen Bilderhaut. Er trägt seine Stammeszeichen für jeden sichtbar vom Scheitel bis zum Spann. Beneidenswert! Das ist nicht nur auf dem Kiez kultig. Prince, Madonna, Boy George. Nein, heute hat das Körperbild das Schattendasein längst verlassen. Pech hatte David Beckham, der englische Fußballmillionär, der gute

Elfmeterschütze. David hat sich eine Liebeserklärung an seine Frau Victoria auf die Schulter pieksen lassen, und zwar in der indischen Amtssprache Hindi. Leider hat es da einige Rechtschreibefehler gegeben. Pech für David!

Das immerschlaue Institut aus Allensbach will sogar wissen, dass fast ein Viertel aller 16- bis 29-Jährigen eine farbige Körperverzierung hat. Das sind fast zehn Prozent der Gesamtbevölkerung. Warum also nicht für Senioren?

Dr. Hinnenbeck verwies auf die Notwendigkeit strengster Hygiene. Er referierte ausführlich über Hepatitis, Tetanus und AIDS. Das hat mich wieder verunsichert. Nur ein kleiner Drachen auf dem Oberschenkel und solch hohes Risiko. Erstaunlich! Und dann erwähnte er noch das tragische Schicksal des amerikanischen Schauspielers Johnny Depp. Dieser Johnny ließ sich den Schriftzug „Winona forever" einfräsen. Irgendwann wurde das für ihn ärgerlich. Die „Winona" und das „forever". Der Mann hat die Welt nicht verstanden. „Forever" ist nichts, das einzige Beständige ist ja die Vergänglichkeit. Aber ich will den Mann nicht überfordern. Ein Johnny Depp muss kein Philosoph sein. Und außerdem braucht mein kleiner Drachen ja auch keinen Namen. Er könnte ruhig farblos sein!

Ich hatte sogar schon einen Traum in dieser Angelegenheit, den will ich nicht verschweigen.

Es war eine erweiterte Talkrunde mit Sabine Christiansen. Die Sendung sehe ich mir real sehr selten an, doch ich träumte davon. Ich kann es mir kaum erklären.

Es war kurz vor einer Wahl. Oder kurz nach einer Wahl. Oder zwischen zwei Wahlen. Egal. Von jeder Partei saß ein Vertreter da. Das Hauptthema war: **„Wie stehen die Parteien zur Tätowierung?"**

Ein Vertreter der CSU rollte vor den laufenden Kameras

seine Ärmel hoch und zeigte stolz eine Ansammlung bayrischer Schlösser. Gregor Gysi hatte sich kleine rote Sterne in die Ohrläppchen pieksen lassen. Frau Beer von den Grünen hatte einen Nato-Panzer auf dem Unterarm. Den Nato-Panzer „Fuchs". So ging es immer weiter. Es war kein schöner Traum, ich muss es sagen. Die CDU-Vertreterin war per Bildschirm in die Diskussion eingeschaltet und behauptete fest, ihre Tätowierung wäre an pikanter Stelle und ließe sich nicht so einfach elektronisch transportieren.

„Das glaube ich nicht! Nichts ist unmöglich! Wir leben doch in einer Mediengesellschaft", schnarrte der SPD-Mann in die Runde.

„Und wo ist eigentlich die F.D.P.?" Kaum war diese Frage gestellt, tauchte ein Herr dieser Partei auf. Leichtes Sakko, bewegungslose Frisur, gelbe Krawatte, randlose Brille. Eigentlich sah er aus wie immer. Doch als er sich in die Runde setzte, sah ich die Veränderung. Er hatte sich, ähnlich wie Mike Tyson, eine halbseitige Gesichtstätowierung zugelegt. Gelb und schwarz. Und dazu hatte er auch eine plausible Erklärung. Schneidig verkündigte er sein Konzept:

„Tattoos sind modern! Wir sind für individuelle Selbstverwirklichung! Wir sind eine liberale Spaßpartei! Wir sind eine Partei mit Ideen! Im Rahmen unserer neuen Kampagne AUFBRUCH 3000 werden wir in unserem Tattoo-Mobil durch die Republik reisen. Unser Geschenk: Für jede Wählerstimme gibt es eine kostenlose Wunschtätowierung. Somit erschließen wir uns neue, junge und dynamische Wählerschichten. Ausgeschlossen sind rote Sterne und Drachen! Wir werden uns auf diesem Wege der 18-%-Marke nähern!"

Es war kein normaler Traum. Das war mir schon klar, bevor ich aufwachte. Es war ein Albtraum. Schweißüberströmt kam ich zu mir. Ich hatte eine allergische Reaktion. Mir brannten die Augen, der Gaumen juckte, die Nase lief heftig. Mein kleiner roter Fleck unter dem Arm war plötzlich wieder da. Ich muss noch einmal zu Dr. Hinnenbeck. Unbedingt! Ich will ihm von meinem Traum erzählen. Außerdem habe ich gehört, dass man nach einer Tätowierung ein Jahr lang kein Blut spenden darf. Die Probleme nehmen zu.

Wie komme ich nur aus dieser verdammten Zwickmühle raus?

Hoffentlich lässt mich Hinnenbeck nicht im Stich.

Der Schatz der Isenburg

Am alten Rittersitz Isenburg soll ein Schatz verborgen sein. Unentdeckt. Vergraben. Versteckt. Ein vergessenes Geheimnis. In einer historischen Arbeit über den ehemaligen Rittersitz wird dieser Schatz erwähnt. In einem Nebensatz. Am Ende der Ausführungen und mit dem Wörtchen „soll" versehen. Aber es ist eine Bemerkung, die sich einprägt. Vergessen sind die vielen Namen, die Daten und die komplizierten Besitzverhältnisse, vergessen die Summe der Fakten, die die Geschichte der alten Wasserburg umreißen. Nur der kleine Hinweis auf den vergessenen Schatz wirkt nach. Der Schatz ist bedeutsam, er regt die Fantasie der Leser an.

Gibt es für diesen Hinweis einen echten Beleg? Vielleicht eine Urkunde, eine glaubwürdige Quelle oder eine abgesicherte mündliche Überlieferung? Ist der knappe Hinweis nur ein Gerücht? Gerüchte sind hartnäckig! Aber von wem stammen sie? Glimmen da nicht doch ein Fünkchen Hoffnung, ein wenig Wahrheit? Was ist das für ein Schatz? Ein Schatz von Rheinpiraten? Geld? Gold? Wertvoller Schmuck, alte Waffen, seltene Urkunden oder Dokumente? Alles verborgen in einer Truhe, einer hohlen Wand oder in einem unentdeckten Kellergewölbe? Das ist der Stoff, aus dem Träume entstehen. Geschichten und Romane, Stoff für fesselnde Kinderbücher. Das Geheimnisvolle ist es, das Rätselhafte, Unwahrscheinliche, vielleicht auch Unheimliche, doch Vorstellbare, welches die Faszination ausmacht.

Nicht irgendwo in der Südsee, auf keiner einsamen Insel, nicht auf dem Boden des Meeres in einem alten Wrack. Nein, hier bei uns! In Köln. In Holweide. Vor der eigenen Haustüre. Tausende von Menschen fahren jeden Tag mit Bus, Bahn und Auto an der alten Wasserburg vorbei.

Aus welcher Zeit stammt der Schatz? Wer hat ihn versteckt? Wo könnte er verborgen sein? Wurde überhaupt schon nach ihm gesucht? Und wenn ja, wie waren denn die Ergebnisse? Wann und wer suchte? Welcher Hilfsmittel hat man sich bedient? Die heutige Technik hat doch völlig andere Möglichkeiten als noch vor zwanzig oder vierzig Jahren! Wurde mit der neuesten Technik gearbeitet? Die wichtigste Frage aber ist und bleibt: „Wo wurde gesucht?"

Fragen. Fragen. Fragen. Es ist gesucht worden, doch noch nicht systematisch und zielstrebig. Wer wäre auch so dumm, auf einen solch wagen Hinweis hin zu suchen? Ein Umbau und eine Renovierung sind nicht mit einer Schatzsuche zu verwechseln. Was da gefunden wird, ist mehr ein Zufallsergebnis. Baulich erneuert und verändert wurde die Isenburg, aber wurde auch in ihrem Umfeld gesucht? Vielleicht war es auch ein Schelm, der seine Narren suchte und dieses lästige Gerücht in die Welt setzte. Das wäre die einfachste Möglichkeit.

Die Isenburg ist in jüngster Zeit restauriert worden. Repariert und umgebaut. Altes Mauerwerk wurde abgerissen, neues errichtet. Dachschäden beseitigt, der Hof gepflastert, schadhafter Stuck beseitigt. Gemauert, gezimmert, geschmiedet und gedeckt. Es wurde gebohrt, gebaggert und gegraben. Eine Wasserburg, eine wunderschöne Anlage, glattweg runderneuert. Ein Schatz wurde gerettet. Die alte Isenburg ist selbst ein Schatz. Kulturgeschichtlich, baugeschichtlich und natürlich auch, nur ja nicht zu vergessen, heimatgeschichtlich. Da sind der alte Burgteich, der wunderschöne Baumbestand, der uralte Verbindungsgraben zum Strunder Bach, der wehrhafte Turm, das schützende Tor, die moorigen Wassergräben, frische Schlagläden, Winkel, Treppen, schmiedeeiserne Gitter und zinnene Traufen, ein Ort der Ruhe, Tradition und Besinnung. All das ein Idyll und mehr ... Ein gelungenes Ensemble, ein wahrer Schatz!

Einst lag der Rittersitz sehr einsam. Direkt am Rand des Merheimer Bruches, einer immer nassen Moor- und Auenlandschaft. Versteckt hinter Pappeln und Weiden, umgeben von Erlen und wilden Schlehen. Da waren nasse Heide, knorriges Holz, brakige Tümpel und Teiche. Geheime Pfade, verwinkelte Wege, Mulden und Bauminseln, für Frösche und Enten ein Paradies, Verstecke überall. Könnte da nicht …?

Der erste uns bekannte Besitzer der Isenburg und vermutlich auch ihr Erbauer war Dietrich von Elverfeld. Der Isenburger Dietrich war alles andere als ein frommer, in Ehrfurcht und Demut lebender Betbruder, ein gesetzestreuer Ritter. Das Gegenteil ist überliefert. Das Wenige, was wir über ihn wissen, zeigt deutlich, was für ein Kaliber Dietrich war. Mit seinem Ritterkumpanen Wilhelm aus Stammheim lauerte er einst Kölner Kaufleuten auf. Das war im Jahre 1397. Er raubte zwei Kölner Bürgern ganze 41 Ochsen. Ein Rinderdieb also. Mit einigen Gleichgesinnten und Freunden trieb er das vierbeinige Raubgut nach Düsseldorf, dort war es zum alsbaldigen Verbrauch bestimmt. Die Ochsen drehten sich schnell am Spieß. Dietrich hatte Sitz und Stimme im Bergischen Landtag. 41 Ochsen waren damals keine Kleinigkeit. Vielleicht verkaufte er auch Teile seiner Beute und füllte sich damit seine „Schwarzen Kassen" auf. Überliefert ist, dass einige der Ochsen bei der nächsten Gelegenheit verspeist wurden. Ein Fressgelage, ein Saufgelage oder auch umgekehrt. Der bergische Dietrich, der Raubritter von der Isenburg, war dabei. Nicht nur die Kölner können feiern!

Die am Rande des flachen Moores bei Merheim gelegene Isenburg war sein Schlupfwinkel.

Als ein weiterer Besitzer der Isenburg ist der Sohn Dietrichs bekannt, er hieß, ebenso wie der Stammheimer Kumpane des Vaters, Wilhelm. Sohn Wilhelm ist als Ritter auf den Porzer „Ritterzetteln" erwähnt.

Die Kölner standen den bergischen Dietrichs und Wilhelms aber keineswegs nach. Am 18. Juni 1416, also noch zur Zeit des Dietrich, machten, so die Überlieferung, die „Kölnischen einen Auszug" auf die rechte Rheinseite. Ob Vergeltung oder Geldgier ihr Hauptmotiv war, spielt keine Rolle. Die „Kölnischen" waren keineswegs pazifistisch gestimmt und plünderten in dem kleinen Orte Schweinheim, in unmittelbarer Nachbarschaft zur Isenburg gelegen, frisch drauflos. Sollte Dietrich vielleicht vor den heranrückenden Kölnern seine Schätze verbuddelt haben. Grund dafür gab es auf jeden Fall. Verstecke gab es genug auf oder nahe der Isenburg.

Bei diesem Kriegszug der Kölner Truppen ging es um einen Streit zwischen dem bergischen Herzog Wilhelm (wieder ein Wilhelm!) und der Stadt Köln nebst dem Kölner Kurfürsten. Der Streit zwischen den Bergischen und den Widersachern hatte recht handfeste Gründe. Es ging darum, wem das Recht auf die Erhebung von Zöllen zustand. Dem Kurfürsten, den Kölner Stadtherren oder dem bergischen Landesfürsten. Es waren Kleinstaaten mit verschiedenen Interessen, Machtgelüsten, Eitelkeiten, und natürlich drehte es sich um „das liebe Geld". An einem heiligen Sonntag, dem 14. August des Jahres 1416, drangen schwer bewaffnete Kölner Landsknechte in die Stadt Mülheim ein. Attacke. Drauf und dran, Spieß voran. Fußtruppen, wilde Haufen, Söldner, Brustpanzer und blanke Helme, dazu an die 200 Reiter. Zerstörung war angesagt. Und Zerstörung bedeutete immer auch Plünderung. Vorgestern, gestern, heute und morgen – Kriege ohne Plünderungen hat es nicht gegeben und wird es nicht geben. Der gesetzlose Krieg der US-Amerikaner im Irak ist nur eines der jüngsten Beispiele für diese Behauptung.

Der Krieger nimmt sich, was er kriegen kann, und manchmal ist „das Kriegen" seine einzige Einnahmequelle.

Zimperlichkeit war damals nicht angesagt. Das schwer bewaffnete Kriegsvolk zog von Mülheim durch die rechtsrheinischen Dörfer, zu den Weilern und Ortschaften, vergaß auch nicht die einsamen Höfe. Wichheim, Schweinheim, Holweide, Hagedorn, Dellenbrucke und dann durch den Sumpf nach Brück und auf Rath zu. Die Isenburg lag da sozusagen „am Wege". Die Orte Schweinheim und Wichheim und die paar Hütten in Brück wurden geplündert und in Asche gelegt. Der rote Hahn wurde aufs Dach gesetzt.

Es gab also genügend Gründe, sich vor brandschatzenden und raubenden Söldnern in Sicherheit zu bringen. Wurde dabei auch der geheimnisvolle Schatz in Sicherheit gebracht? Angenommen, der Isenburger Dietrich oder der Isenburger Wilhelm versteckten ihre Kostbarkeiten und waren später nicht mehr in der Lage, diese zu bergen. Unruhige Zeiten bedürfen besonderer Schutzmaßnahmen. In einer Urkunde der Johanniter-Kommende Herrenstrunden steht, dass der in einem Prozess als Zeuge aufgetretene Isenburger Wilhelm (!) selbst furchtbar geplündert hat. Wenn nun der Isenburger Wilhelm feststellen musste, dass die Kostbarkeiten, die sein Vater Dietrich versteckte, durch die Kriegswirren nicht mehr zu finden waren, Dietrich das Versteck seinem Sohn nicht mehr sagen konnte … Aber dies sind alles nur Spekulationen. Wirkliche Spekulationen!

Aus dem Zeitraum des so genannten 30-jährigen Krieges sind europaweite Plünderungen reichlich bekannt. Lokal betrachtet blieb auch die Isenburg nicht verschont. Spanische Söldner, schwedische Landsknechte, rabiate Hessen, Angriff und Abwehr, Degen, Kanonen, Musketen und spitze Dolche, das ganze Waffenarsenal der damaligen Zeit wurde eingesetzt. Verletzen, töten, erpressen, vergewaltigen. Angst, Schrecken, Mord und Raub, natürlich auch Schutz und Flucht. Verwirrend die Vielfalt der Völker, verwirrend die Motive, da war mehr als der Kampf der protestantischen Parteien gegen die katholischen Fraktionen. Der Mülheimer Lehrer Johann Bendel war bei seiner Bewertung der damaligen Zustände in der Umgebung Mülheims nicht zimperlich. Die kaiserlichen Truppen bezeichnet Bendel als „Bedrücker", der kaiserliche General Bönninghoven soll eine „Heimsuchung" gewesen sein, und der ebenfalls für den deutschen Kaiser streitende General Piccolominie, dessen Namen noch heute eine Straße in Köln-Holweide „ziert", hatte wohl mit seinem „zuchtlosen Heer" die ganze Gegend in Panik und Angst versetzt. Es muss festgehalten werden: Die Piccolominie-Truppen waren die eigenen Leute! Wie müssen aber da erst die Feinde gewütet haben?

Zwischendurch tauchten immer mal wieder wilde Räuberbanden auf. So die berüchtigte Bande der „Buschknebler", die die „Grafenmühle" im heutigen Dellbrück niederbrannte und brutal alle Menschen in der Mühle ermordete. Sechzehn an der Zahl, darunter Frauen und Kinder. Die „Buschknebler" waren gnadenlose Erpresser, Mörder, arbeitslose Söldner. Die Mörder hatten ihr Handwerk gelernt, sie taten das, was alle anderen auch taten, eben nur auf eigene Rechnung. Unterschiede zwischen losgelassenen Söldnerhorden und herumschweifenden Räuberbanden bestanden für die Opfer faktisch nicht. In der Wirkung waren diese Gruppen gleich. Angst um Leib und Leben, Hab und Gut, genau dies hatte die über Jahrzehnte geplagte Bevölkerung, egal ob es Räuber oder Söldner waren. Gründe, sich selbst und die eigenen Angehörigen in Sicherheit zu bringen, die eigenen Wertsachen zu verbergen, gab es viele. Dies wurde auch reichlich praktiziert. Es gab eingemauerte Krüge mit Schmuck oder Münzgeld. In Bachläufen verbuddeltes Geld, Ketten oder Broschen. Da wurden die Habseligkeiten in Leinentüchern versteckt und mit Pech versiegelt. Das Wenige im Garten oder unter dem Scheunenboden verbuddelt. Der Fantasie der menschlichen List und Gegenwehr ist kaum eine Grenze gesetzt. Not macht erfinderisch, auch bei der Wahl der Verstecke. Die Isenburger werden diesbezüglich ihre Sicherheitsmaßnahmen getroffen haben. Vielleicht haben sie ihr Wissen mit in den Tod genommen.

Ein Zeitsprung. Ein Tag im November. Das Jahr 1974. Das Forstamt Bensberg hat eine Firma mit Wald- und Erdarbeiten beauftragt. In der Nähe entspringt der Flehbach, jener Bach, der sich später als Faulbach mit der Strunde vereint. Es ist die äußerste Stadtgrenze. Wald, wilder Strauchwuchs und der Quellbereich des Baches. Die Arbeiter schaufeln, hacken und karren, schwitzen und schuften. Die Arbeit ist nicht ohne Gefahr, denn es sollen alte Kampfmittel beseitigt werden. Vergessene Überbleibsel aus dem so genannten 2. Weltkrieg. Fliegerbomben. Munition. Was dann aber unter einer Böschung zum Vorschein kommt, hat mit dem letzten Krieg nichts zu tun.

Wiederentdeckt werden 3600 Münzen. Geld aus der Regierungszeit des Kaisers Constantin des Ersten. Münzen, die vierhundert Jahre nach unserem Zeitbeginn an diesem Ort versteckt wurden. Ein unermesslicher Schatz. Die Spezialisten des Römisch-Germanischen Museums in Köln werden eingeschaltet. Erneutes Graben, doch diesmal mit feinem Gerät, vorsichtig, sanft, auch wird alles gut vermessen und dokumentiert. Die Nachgrabung ergibt, dass die Fundstelle ungefähr einen Meter tief liegt und circa 80 Zentimeter breit ist. Die Münzen haben, dies wird von den amtlichen Schatzgräbern festgestellt, in einem Tongefäß gelegen. 1600 Jahre lag er in der Erde verborgen: der Schatz! Die Gründe für dieses Verbergen, für das raffinierte Waldversteck, müssen kriegerische Handlungen gewesen sein. Mitten im Königforst sollten die Münzen gesichert werden, dies müssen die Gedanken der Eigentümer gewesen sein.

Möglich scheint, dass es einen Zusammenhang mit dem römischen Kastell in Deutz gegeben hat und es sich um das Vermögen eines reichen Privatmannes handelte, doch diese Frage kann nie mehr genau geklärt werden. Neben den Münzen wird noch mehr gefunden. Bronzekessel, Flachmeißel, Löffelbohrer, Zieheisen, Schaber, landwirtschaftliche Geräte, Pflugscharen, Kesselgehänge, eine Lampenschale und ein eisernes Schloss nebst Schlüssel.

Der „Schatz im Königsforst" ist sicher kein Einzelfall.

Als die Franzosen mit den Österreichern im Streite lagen, war die Gegend zwischen Holweide und Brück militärisches Aufmarschgebiet und Kriegsschauplatz. 1795, fünf Jahre vor dem Jahrhundertwechsel, erneutes Säbelrasseln. Die Franzosen kamen über den Rhein. Mit Ross und Mann und Wagen. Hufegeklapper, Pulverrauch und fremde Befehle. Die Menschen in den Dörfern, die Einwohner Mülheims, schreckten auf und organisierten ihre Flucht. Flüchten war sinnvoller als standhalten. Krieg vor der Haustüre. Schüsse, Säbelhiebe, Hass und Missverständnisse. Alles eilig, hektisch und in Todesangst. Von Düsseldorf kamen die „welschen Soldaten". Am 9. November wurde die Wupper in ihrem Unterlauf überquert, dann ging es auf Mülheim zu. Angreifer, Verteidiger, Schlachtenlärm und scharfe Schüsse, danach Friedhofsruhe. Soldaten töten. Haben einen Befehl dazu, von Moral wird in solchen Zeiten nicht gesprochen. Nach und während der Friedhofsruhe wieder Plünderungen. Brände, Zerstörungen und Folter. Die Armen hatten sich in das Merheimer Bruch verkrochen. Erdbunker als Verstecke gebaut. Fluchttunnel in den Häusern angelegt. Das magere Vieh versuchte man vor den immer hungrigen Kriegern zu verbergen. Unwegsame Sumpfzonen, dichtes Gehölz im Königsforst. Wieder eine Zeit für Ton- und Blechtöpfe.

Vorstellbar ist auch ein Beutezug der besonderen Art. Ein

kleiner versprengter Trupp Soldaten, abgekämpft und verroht, setzt sich vom großen Zug des Todes ab. Marodiert auf eigene Faust. Das war verboten, wurde aber immer wieder praktiziert. Mit dem Hauptmann teilen, ihm noch den dicksten Batzen zukommen lassen, auf keinen Fall. Die Grenze zur Räuberbande ist fast erreicht, manchmal schon überschritten. Soldaten kehren nie als reiche Männer aus dem Kriege heim. Also gilt es, die Beute zu schützen. Die Zeit für Helden ist nur kurz, wenn überhaupt, und einen Schatz später zu bergen ist keine schlechte Idee. Helden werden ausgewechselt wie Kleider. Soldaten wissen das. Von besseren Tagen zu träumen, den Schatz zu verstecken, verbuddeln und markieren und irgendwann zurückkommen. Irgendwann! Heimlich.

Da war der sterbende Kamerad, der es mit seinem vorletzten Atemzug noch weitergab. Das Geheimnis. Sein großes Schweigen bricht. Erkennt, dass er es niemals schaffen wird, zurückzukehren, und deshalb seinen Kameraden einweiht.

Und nun ist der Eingeweihte gekommen. Er sucht für den Verstorbenen, hat ihm sein Wort gegeben, denkt aber nur an sich. So etwas muss vorsichtig angegangen werden. Wenn schon die Mühe, dann muss sie sich auch lohnen. Er sucht. Vorsichtig. Äußerst vorsichtig. Fragt, sanft und verschlüsselt. Die Angaben des verstorbenen Kameraden sind nicht so präzise gewesen. Die Aufzeichnungen stimmen nicht mit der Wirklichkeit überein. Der Ort ist größer geworden. Es gibt neue Häuser. Andere sind verschwunden. Bäume sind gefällt, Hecken gewuchert, dort, wo einst ein Teich war, ist jetzt eine feuchte Wiese. Der Bach hat einen anderen Lauf. Wie war er denn früher, und wer hat dies aus welchen Gründen veranlasst? Auch Wege verändern sich. Die alten Weiden stehen noch. Mauern wurden abgerissen. Hier ist doch einmal eine Scheune gewesen. Aber die Entfernung zum Bach stimmt trotzdem nicht.

Auch die Isenburg ist trotz ihres festen Mauerwerks kein starres, unveränderbares Gebilde. Länder wurden verkauft, verpachtet, Moore trockengelegt, aus feuchten Wiesen wurde Ackerland, aus Ackerland Bauland. Hier eine neue Straße, dort die Trasse der Straßenbahn, da ist auch noch die Autobahn. Der Burgteich wurde verändert, versumpfte, vertrocknete, wurde erweitert, ausgehoben und wieder mit Wasser gefüllt, dabei ist der Zulauf für den Menschen ein wenig günstiger gelegt worden. Was gestern noch war, ist heute schon anders. Es gibt nichts Regelmäßigeres als die Veränderung. Aus Ställen wurden Wohnungen, aus lehmigen Wegen gepflasterte Zufahrtsstraßen, aus Kammern Großraumbüros. Die Isenburg hat sich verändert. Die Isenburg hat noch lange nicht alle ihre Geheimnisse preisgegeben. Ein Schatz wurde bisher nicht gefunden. Es hält sich das Gerücht. Da waren mal welche, die haben gesucht. Der eine offen, der andere heimlich. Der Schatz der Isenburg wurde gesucht. Das kann sein. Gibt es ihn überhaupt? Wenn es ihn gibt, wo ist er? Er ist irgendwo!

Dä Pädsköttelmann

Die Straße rauf, die Straße runter. Pferdegespanne. Einspänner, Zweispänner, manchmal Droschken, selten Kutschen. Uniformierte Kutscher lenkten mit Geschick und Erfahrung die gut gepolsterten und gefederten Chaisen ihrer Herrschaften. Auf der Schäl Sick reisten die Damen und Herren von Andreae so, Seidenweberfabrikanten und Rittergutsbesitzer zu Mielenforst.

„Bitte schön, gnädige Frau. Sehr wohl, gnädige Frau. Wird sofort erledigt, gnädige Frau!" Übersah der Kutscher schon mal eins der zahlreichen Schlaglöcher, meldete sich die „gnädige Frau" recht ungnädig: „Ging das denn nicht auch anders, Wilhelm?!!" Feine Kutschen, feine Manieren. Wilhelms gab es genug in der Kaiserzeit, fast in jeder Familie einen.

Die Straßen, je weiter dem Stadtzentrum entfernt desto tückischer. Katzenkopfgroße Buckelsteine. Pulverfeiner Sand. Lehmhaufen. Pfützen. Modder. Jeweils an den Seitengräben waren die Straßen abschüssig und nicht selten mit Moos bewachsen. Wagenschmiere, Deichselfett und Teergeruch vermischten sich mit Lehm und Kies. Über allem lagen die Ausdünstungen der Pferdeleiber. Hatte auf der Merheimer Heide ein Militärmanöver stattgefunden und es ging zurück mit Ross und Mann und Wagen, war die Cöln-Olpener Provinzialstraße mit Pferdeäpfeln garniert. Das lag in der Natur der Sache. Und wenn es dann regnete …!

Auf dem Gebiet der Pferdeäpfel, die Kölner variieren hier zwischen „Pädsköttel" und „Pädsäppel", war Pitter Drehermann aus Brück ein Spezialist. Er kannte alle nur denkbaren Formen, Farben, Zusammensetzungen und Gerüche von Pädsköttel. Es gab Brücker, die gingen Wetten ein, dass der Pitter beim bloßen Anblick eines Pferdeapfels sagen konnte, ob er von einer Stute, einem Hengst oder einem Wallach stammte. Seine überzeugende Kompetenz auf diesem Gebiet hatte ihm auch zu seinem Spitznamen „Pädsäppel-Pitter" verholfen. Er verstand ihn als Auszeichnung.

Pitter wohnte im Brücker Oberdorf, also jenseits des Mauspfades, da wo das Bergische Land anfängt. Auf der rechten Seite der Provinzialstraße hatte er am Ortsausgang ein kleines, mit Lehm beklätschtes Häuschen. Hinter diesem Häuschen hatte er einen Garten. Sein Obst und Gemüse waren eine Pracht. Wenn es zu seiner Zeit einen biodynamischen Gartenbauverein gegeben hätte, Pitter wären die Ehrenbezeigungen und Preise für gesunden Gartenbau nur so zugeflogen. Und für sein gärtnerisches Streben brauchte Pitter die Pädsköttel, er wollte da nichts dem Zufall überlassen.

Die Cöln-Olpener Provinzialstraße war auch in der wilhelminischen Zeit ein stark befahrener Handelsweg. Da wurde einiges hin und her gekarrt. Holz, Steine, Eisen, Werkzeuge, Stoffballen, Klütten, Knochen, na, eben alles, was eine Großstadt brauchte und geben konnte. Schwere Fuhrwerke ächzten über die „Olpener" in die Kölner Bucht. Köln oder Deutz, Kalk oder Mülheim, es gab im Prinzip nur zwei Möglichkeiten, die „Olpener" und die „Gladbacher". Aus Bergisch Gladbach kamen die Papiertransporte, der Kalk aus Paffrath. Holz aus dem Bergischen Land oder sogar aus dem Sauerland. Von Herrenstrunden wurde Schwarzpulver transportiert, Dynamit, alles hochexplosiv und brandgefährlich. Die Grube „Katharina" in Refrath beförderte ihr Erz ebenfalls mit Pferdefuhrwerken auf dem Landwege. Ein PS, manchmal auch vier PS, je nach Fracht und Dauer. Natürlich gingen auch die Transporte in umgekehrte Richtung, das hieß: Immer bergauf!

Von Köln nach Deutz über die „Fliegende Brücke", an der neuen Kalker Düngerfabrik vorbei, über Höhenberg, Merheim und Brück auf Bensberg zu. Hatten sich auch die Orte verändert, die Fahrzeuge ebenfalls, die schwierige Strecke war geblieben. Irgendwohin den Berg hinauf. Die Pferde kannten ihren Stall.

Der Weg von der Bucht in die Berge war mühselig. Die Tiere rackerten redlich. Kamen die Gespanne in Brück an, dampften die Pferde erheblich. In Höhenberg hatten die Gäule schon eine „erste Hilfe" bekommen. Für den „Höhenberger Knapp" wurde ein zusätzliches Zugpferd vorgespannt, in Brück musste oft ein weiteres helfen.

Die Brücker Umspannstation gehörte zur „Gaststätte Bliersbach", die heute „Em Hähnche" heißt und zu den ältesten Häusern des Ortes zählt. „Beim Bliersbach" wurden die Tiere versorgt. Trockenreiben, das Geschirr überprüfen, füttern, tränken, das gehörte zu den ersten Pflichten eines guten Fuhrmannes. Erst „dat Päd, dann dr Käl".

Die Fuhrleute sorgten für sich selbst. Da gab es blonde, weißgeschäumte Gläser, so viel man haben wollte, manchmal mehr, als einer vertragen konnte. Auch silberne Schnäpse wurden gekippt. Es wurde geklaaft. Auf der Straße war das Leben. Die Straße war der Arbeitsplatz. Keine Handys, keine SMS, doch waren die Fuhrleute auch ohne diese Errungenschaften immer Online. Bevor es weiterging, wurde der Kautabak kontrolliert, der Knaster aufgefüllt. Sicher dat! Und nicht selten wurden Steingutbehälter oder die grau emaillierten Metallflaschen nachgefüllt. So streng ging es zu!

Für den „Brücker Berg", das war klar, musste noch ein Pferd aushelfen. Das war sonnenklar!

Waren Mann und Ross gestärkt, die Hilfs-PS vorgespannt, ging es den besagten Berg hinauf. Die rechtsrheinische Mitteltrasse. Über den Mauspfad hinweg, die Hufe gestemmt, dann der Anstieg. Am Heiligenhäuschen, vor der „Gaststätte Porschen", wurde es wieder sanfter. Der Pferdeknecht spannte das hilfreiche Pferd wieder aus und zurück ging es zur Umspannstation.

„Tschüs denn ..."

„Mach et jot."

„Bis övermorje, sälve Zick."

„Jo, jo."

Dieser Vorgang, das Ausspannen kurz hinter dem Heiligenhäuschen, geschah Dutzende Male am Tag. Klar doch, bei dem Verkehr. Und dann kam die Stunde von Pitter Drehermann, dem „Pädsköttelkerl". Pitter hatte die Sache voll im Griff. An dieser Stelle hatte er sein Häuschen. Gegenüber allen anderen Pferdeköttelsammlern hatte er einen enormen logistischen Vorteil. Ein Blick schräg aus dem Küchenfenster und im richtigen Moment zugegriffen.

Pitter nahm sich immer eine verbeulte Kohlenschütte und ein ehemaliges Waffeleisen als Schieber und strebte im richtigen Augenblick zur richtigen Stelle. Nicht immer, doch auch nicht selten, hatten die Pferde den kurzen Moment des Ausspannens genutzt, um sich zu erleichtern. Dann fielen die Äpfel. Ob von der Anstrengung am Berg oder aus alter Gewohnheit, egal, auf jeden Fall, es geschah unweit des Drehermann-Hauses und Pitter hatte den schnellen Zugriff.

Geschickt, die Kohlenschütte flach zur Erde gedrückt, beförderte Pitter, mal kratzend, mal schiebend, seine Beute in den Behälter. In seinem Garten hatte er ein großes Pädskötteldepot. Hier wurden die Köttel zwischengelagert. Alles hatte seinen Platz. Dann brachte er, meistens nach längeren Regengüssen, den Dung auf die Rabatten. Vorher aber, und darin lag auch eines seiner Geheimnisse, hatte er eine gewisse Auslese getroffen. Alles geschah gewissenhaft und systematisch. Die Ergebnisse hatten schon manchen Nachbarn gelb vor Neid werden lassen.

Erdbeeren: Güteklasse 1. Kartoffeln: nicht wässrig, mittelgroß und nicht mehlig, schmackhaft und zahlreich. Tomaten: klein, saftig und a r o m a t i s c h, von ganz eigenem Geschmack, die Schalen nicht so hart und das Fruchtfleisch lecker, lecker, lecker ...

Damit nicht genug. Sellerie, Kohlrabi, Kopfsalat, Busch- und Stangenbohnen, dazu Baum- und Strauchobst, alles vom Feinsten.

Ehrliche Bewunderer oder Neider lobten den guten Gärtner in den kräftigsten Tönen.

„Dr Pitter hät 'ne jröne Dume."

„Wat dä all us singem Jade rushölt!"

„Erstaunlisch, erstaunlisch!"

Und die Analytiker formulierten die ganze Angelegenheit schon in Richtung Ursachen.

„Dat kütt von dr Pädsköttel. Dat müsse de Pädsköttel sin. Da jet kein Weg dran vorbei!"

Aber Drehermanns Pitter ließ sich nicht auf das gefährliche Glatteis führen. Er war Geheimnisträger. Geheimnisträger in eigener Sache.

„Sicher dat! Dat hät jet met dem Pädsmeßt zu dun." Aber mehr sagte er nicht.

Pitter war befreundet mit dem Welm, dem Wilhelm aus Welpertsiefen im Oberbergischen. Welm war für Pitter der beste Fuhrmann auf der Route. Welm fuhr für die Spedition Ommer in Bensberg. Ein Pferdekenner durch und durch. Er hatte die Tour Bensberg–Köln–Frechen, also Fernlastentransport. Mindestens zweimal in der Woche. Welm nannte die besagte Strecke immer seine Mitternachtstour, denn vor zwölf Uhr in der Nacht war er nicht in Bensberg zurück. Entlang seiner festen Route, ausgerüstet mit reichlich Proviant und seiner unentbehrlichen Geldkatze, die er um seinen starken Leib geschnallt hatte, klapperte Welm nämlich die verschiedensten Gasthäuser und Kneipen ab, die auf der Strecke Bensberg–Frechen lagen. Das waren nicht wenige. Er fuhr, das war sein Auftrag, in Sachen Gastronomiezubehör. Bier, Schnaps, Fässer, Flaschen, Spülschläuche, Zapfhähne, Gläser, Hefe und manchmal sogar Eisblöcke, kurz, alles was eine richtige Schankwirtschaft benötigte. Alles hatte seinen Preis. Fracht nach Tarif.

„Kumm, Welm, nem dat met."

„Mach ich, kostet jenau …"

„Nix gegen lau, nix von wegen Lappöhrchen." Welm war konsequent!

Die letzte Station auf der Rücktour war „beim Bliersbach". Die Pferde wussten das. Es waren ja auch gelernte Speditionspferde. War der „Brücker Berg" geschafft, stand ihnen der Schaum vor den Mäulern.

Beim Ausspannen hatten sie sich kennen gelernt, der Pitter und der Welm. Und irgendwann, es musste so nach dem siebten oder achten Bier gewesen sein, hatten sie ihre Abmachung getroffen. Zwei Kurze und ein Händedruck unter Männern hatten die Sache besiegelt. Ein Geheimabkommen. Beide waren vom Fach, beide Pferdekenner. Seit diesem ABKOMMEN ZU BRÜCK hatte Pitter Drehermann seinen Garten erweitert und sogar noch oben am alten Rinderweg ein Stück Land gepachtet. Eine Entscheidung mit Perspektive, ein Abkommen mit Zukunftsorientierung, vereinbart von einem Kompetenz-Team, welches Pitter + Welm hieß. Der Welm brachte dem Pitter die besten Pädsäppel von unterwegs mit, und dafür bekam Welm beste Naturprodukte von Pitter. Außerdem fuhr er immer Deutz an.

Pitters Frau Trinchen, die eigentlich Katharina hieß, wie die russische Zarin, eröffnete auf dem Deutzer Markt einen Gemüsestand. Das Geschäft lief gut, denn die Deutzer waren ein wenig geschmäcklerisch und hatten einen Hang zur Frischkost. Welm transportierte Pitters Gemüse jeden Tag nach Deutz.

In Brück hatten sich die Erfolge von Pitter herumgesprochen. Auch die Expansion seines Gemüseunternehmens in Richtung Deutz. Nachahmer gab es genug. Gärten auch. In den kleinen Gärten am Brücker Bruch setzte man auch auf Pferdemist. Nur die Erfolge blieben bescheiden. Irgendetwas klappte da nicht richtig. Pädsköttel waren im Dorf jetzt gefragt. Manch einer, der sich sonst nie getraut hatte, am helllichten Tage mit Eimer, Schaufel und Schieber die Pferdeköttel von der Olpener Straße zu kratzen, entwickelte sich jetzt zum rabiaten Glücksritter im Naturdüngerbereich.

„Da muss noch mehr hinterstecken", meinte eine vornehme Dame, die kürzlich mit ihrem bei der Verwaltung beschäftigten Mann aus Düsseldorf zugereist war und sich jetzt als Gärtnerin betätigte. Recht hatte sie. Ihre Versuche, hinter das Geheimnis von Drehermanns Pitter zu kommen, stachelte die anderen Gärtner kräftig an.

„Dä kennt so Tricks", bemerkte Heini Häuser. Er fand Zustimmung und Hennes Overrath schlussfolgerte in seiner eigenen Logik: „Dä hät jet!"

Aber niemand wusste so richtig was!

Über das Besondere schwieg sich Pitter hartnäckig aus. Nur ein einziges Mal, in einer sehr dunklen Stunde, gab er Einblick in sein Erfolgsgeheimnis. Aber trotz fortgeschrittener Zeit und erheblicher Wahrnehmungsbeeinträchtigung durch Flüssigstoffe hatte er sich noch so unter Kontrolle, dass er jenes Geheimnis nur sehr verschlüsselt, fast philosophisch, lüftete.

Es war der letzte Tag der Brücker Kirmes, die immer im Oktober stattfand. Pitter hatte die Kirmes reichlich genossen. Einmal im Jahr war ja erlaubt. Klar doch, man konnte doch nicht das ganze Jahr im Garten herumkrauchen. Die letzte Stärkung vor

97

dem Brücker Berg nahm Pitter „beim Bliersbach". Er stand an der Theke, mit ihm noch drei, vier Ortsgrößen von der Mondscheinfraktion. Kleingärtner allesamt. Fast schien es ihm, doch darüber dachte er erst am nächsten Tag nach, als hätten sie regelrecht auf ihn gewartet. Da waren der Bäcker, der Anstreicher, zwei Arbeiter aus der Holweider Baumwollbleicherei und noch ein Knecht vom Gräfenhof.

Da stand also der Pitter, hielt sein soundsovieltes Bierglas gegen die trübe Deckenleuchte und referierte über den Segensreichtum und die Besonderheiten des Getreides.

Lange und ausführlich würdigte er die Beschaffenheit der Gerste, lobte den Hafer und schwärmte vom Roggen, eiferte sich in seinem Exkurs für Hopfen und Malz, für die Maische und die Extrakte der Bierproduktion. Er schloss mit losen Anmerkungen über die Nahrhaftigkeit des Weizens. Den Zuhörern standen bei so viel Gelehrsamkeit die Nasenlöcher und die Mäuler buchstäblich offen, so dass ihnen nur einfiel, den Pitter zu einem neuen Trunk einzuladen.

„Kumm, Pitter. Drenk noch ene met."

„Prost, Pitter."

„Lass mal, geht auf uns!"

Es war eine Stunde so lau wie nie. Und das noch im Oktober. Pitter dachte an den „Brücker Berg", an die Kraft, die er für dessen Überwindung brauchte, und trank noch einen mit.

Der Wirt rieb sich die tränensackbehangenen Nachtaugen, bürstete die Aschenbecher, wischte den Zapfhahn, drehte die Petroleumfunzel noch weiter runter. Der Kreis um Pitter schloss sich. Freunde waren sie jetzt alle. Pitter. Komm. Freundschaft.

„Ja", sagte Pitter und schaute sich vorsichtig nach allen Seiten um. Dann schwieg er.

„Mach die Striche vom Pitter singem Deckel fot."

„Prost, Pitter."

„Komm, Pitter, wir sind doch alles nur Kleingärtner."

„Komm, wir sind doch unter uns. Gib dir mal 'ne Ruck."
Und da gab sich Drehermanns Pitter einen Ruck.
„Ja, dat is su. Päd is nit Päd. Dat is wohr. Päd is nit Päd. Wat
meint ihr denn, woröm ich so vill am sortiere bin, frocht doch
ens 'ne ahle Fuhrmann. Dä Welm zum Beispiel. Äver et muss 'ne
echte Pädskenner sinn. Un mie kann ich üch nit sagen."

Dann trank der Pitter sein Bier aus und erklomm darauf mit
müdem Gang den „Brücker Berg", ganz ohne Pferd.

Das Versprechen

Wenn Franz Bornheim die Kneipe betrat, schnupperte er mit seinem gewaltigen Riecher und nahm Witterung auf. Lis' Kneipe war ein riesiger Debattierclub. Hier wurde die Welt verbessert, hier wurden Erbsen gezählt. Jeder, wie ihm der Schnabel gewachsen war. Kölsch wurde nicht nur getrunken, sondern auch gesprochen, doch mit vielen bergischen „Knubbeln" versehen, denn die meisten der Stammgäste hatten sich noch nicht daran gewöhnt, dass sie „eingemeindet" worden waren. Und die Sprache ließ sich eben nicht so schnell „eingemeinden".

Franz Bornheim tauchte mindestens fünfmal in der Woche in seinem Stammlokal auf. Freitags nicht. Freitags gab es nämlich Fisch. Katholischen Fisch. Immer konsequent Fisch.

Sonntags mussten sich die Gäste mit „wat Kleinem" abfinden. Halven Hahn, Kölsch Kaviar oder Ähnlichem. Aber an allen anderen Tagen gab es Rievkooche. Täglich zwischen fünf Uhr und Mitternacht. Rievkooche. Wenn die Männer von der Arbeit kamen, ging es los. Direkt oder auf Umwegen, nicht wenige auf Schleichwegen, steuerten sie die Kneipe „vom Lis Lamberz" an. Die Männer von „Böcking", die „von Felten" und natürlich auch die aus der Baumwollbleicherei und „vom Radium". Kein Weg war zu weit. Alle wussten die Qualitätsarbeit von Lis zu schätzen. Rievkooche. Lecker, lecker, lecker!

Rievkooche hatte Lis natürlich nicht erfunden, doch sie hatte sich darauf spezialisiert. Lis konnte Rievkooche wie kaum jemand anders machen. Franz Bornheim, den alle nur Fränz nannten, oder, wenn man in seiner Abwesenheit von ihm sprach, Bornheims Fränz, kam die Sache mit den Rievkooche gerade recht. Fränz war Kartoffelhändler. Ädäppele und Rievkooche waren für ihn untrennbar miteinander verbunden. Fränz war Lieferant und Kunde in einer Person. Ein Mann, der sich auskannte. Ein alter Junggeselle, bescheiden und geradeheraus und ein echter Immi, den es von irgendwoher auf die Schäl Sick verschlagen hatte. Nach Holweide, 25 Jahre Holweide. Für manch einen war das hart genug. Aber Fränz liebte das ländlichere Milieu. Fränz war Einkäufer, Verkäufer und Säcke-Schlepper, ein Ein-Mann-Unternehmen. Heute würden Schaumschläger in diesem Zusammenhang von Ich-AG reden, doch wir sprechen von der frühen Zeit nach dem letzten Krieg in Deutschland, da war dieses Ungetüm an Wort noch nicht erfunden.

Kleine Kartoffel, große Kartoffel. Dicke Schalen, dünne Schalen. Mehlig oder fest. Frühkartoffel. Spätkartoffel. Alles ab ein Pfund aufwärts, auch ganze Säcke. Saatkartoffel? Na klar! Auch Schälmesser, Bornheims Fränz konnte auch damit dienen.

„Nicht verzagen, Bornheim fragen", hatte er sich auf seine Kartoffeltüten drucken lassen. Der Spruch war zwar nicht von ihm, aber er passte.

Irgendwann einmal kam ein Mann zu ihm, ein Nachbar aus der Schweinheimer Straße, dem die Mundwinkel bis zum Hemdkragen runterhingen, und jammerte Fränz was vor.

„Fränz, ech han et so am Magen. Dä Doktor hät jesaat, ech hät zuvill Magensäure ..."

Bornheims Fränz, konkret und treffsicher: „Hab' ich keine Last mit. Trink doch mal Kartoffelsaft!" Mit diesem Tipp hatte sich Fränz einen Freund gewonnen.

In der Nähe der Baumwollbleicherei standen damals schon die Häuser dicht gedrängt. Ein wenig verwinkelt und verkantet. Haus an Hütte. Manche mit schwarzen Balken, andere aus Feldbrandziegeln. Die meisten weiß gekälkt. Immer wieder Holz, Teerpappe und Wellblech. Glasbausteine und Beton kamen erst später, reichlich. Fast alle Häuser in Schweinheim hatten einen Anbau und Hintendranbau, Stück für Stück hatten sich die nachwachsenden Generationen auf diese Art und Weise ausgebreitet. Aus Hühnerställen wurden Wohnungen, Ofenrohre ragten nicht selten schräg aus der Außenwand, manche noch hübsch mit Häubchen versehen. Zu jedem Haus, egal ob Schiefer oder Fachwerk, gehörte natürlich auch ein Plumpsklo, das stand hinten auf dem Hof.

In einem dieser Häuser, vorne links an der Ecke, wohnte Fränz. Gleich neben seinem Haus hatte er das Kartoffellager und am Eingang eine riesige Waage.

Aus seinem Vorleben, also aus der Zeit, bevor er sich in Holweide angesiedelt hatte, wusste man im Ort wenig. Die Zahl der Neugierigen war nicht klein und über Fränzens Vergangenheit wurde mächtig geklaaft. Fränz schwieg sich aus, das war nicht schlecht. Das Schweigen ist eine Tugend.

Bornheims Fränz liebte seine Ädäppele über alles, seine Leidenschaft aber waren Rievkooche. Für ihn, den alten Junggesellen, waren die kleinen Kartoffelküchlein Hauptnahrungsmittel. Dann brauchte er auch nicht weit zu gehen. Mal eben nach nebenan zur Lis und schon bald müffelte er seine Rievkooche und spülte mit frischem Kölsch nach. Seine Vorliebe für diese wunderbaren Erdfrüchte erstreckte sich bei Fränz aber nicht nur auf die reinen Gaumenfreuden, für ihn waren die Ädäppele auch eine Kopfsache. Bei seinem Lieblingsthema engagierte er sich regelrecht, dann wurde er gesprächig und manchmal sogar philosophisch.

„Die Kartoffel ist eigentlich gar nicht von hier. Sie ist eine Indianerin. Von Geburt und Herkunft. Die Ädäppele kommen nämlich aus Amerika, äh ... aus Südamerika. Peru und Bolivien, das ist ihre Heimat. Die Leute dort kannten die Kartoffeln ganz genau. Die Kartoffeln sind also richtige Immis. Hahaha … Immis."

Fränz konnte über seine eigenen Witze lachen. Nach diesem Scherz trank er ein Kölsch, und erst nachdem er dies geleert hatte, reagierte Schmitzes Tünn.

„Indianerin. Immis?! Hahaha!"

Bei Schmitzes Tünn fiel der Groschen langsamer als an dem neuen Spielautomaten, der neben der Eingangstüre angebracht war. Viel langsamer. Unheimlich langsam.

„Als die Rheinländer noch ausschließlich Rüben und Kappes anbauten, setzten die Indianer schon auf Kartoffel."

Nach dieser Zugabe blickte Fränz in Richtung Tünn. Und wenn Bornheims Fränz das Gefühl hatte, gehört zu werden, war er nur schwer zu bremsen.

„Die alten Spanier, die Eroberer Pizarro, Cortez und Konsorten, haben den Tabak und die Kartoffel mit nach hier gebracht. In die Alte Welt. Bei uns hatte keiner eine Ahnung, dass es diese wunderbaren Früchte überhaupt gab. Jeder von euch kann ja selbst entscheiden, welche Pflanze für den Menschen wertvoller ist, der Tabak oder die Kartoffel …"

Fränz setzte Wort für Wort. Sein Blick traf nicht zufällig Schmitzes Tünn, der sich aber trotzdem eine „Red Rock" unter die Nase steckte.

Irgendwie entstand jetzt eine Pause. Über der Theke hing schwerer Tabakqualm, ein Gemisch aus „Overstolz", „Eckstein" und „Handelsgold".

„Jetzt möcht' ich aber ein Kölsch!"

„Ich auch!" „Ich auch!" „Mir das Gleiche."

„Prost!"

Vereinzelt klirrten Gläser. Aus der Küche drang ein Gemurmel. Am Stammtisch regte sich was.

„Is ja jot, Fränz, is ja jot. Mach et höösch!"
Und in Richtung Lamberz' Lis kommentierte die Stammtischvereinigung.
„Lis, dä Fränz müsst eijentlich Prozente von dir krijje, su vill Reklame mät dä för dinge Rievkooche."
„Prozente krit dä Fränz och, jede Menge!"
„Haha …"
Fränz wurde gefoppt, doch richtig fies waren die Männer nicht.
„Dä Fränz is ne robuste Immi, dä hät ene Magen wie 'ne Äschekaste."
Solche Sprüche aber stachelten den Kartoffel-Mann erst richtig an.
„Ich kann ja eure mitessen, wenn die euch zu viel sind!"
„Mensch, Fränz, jetzt beste äver doch jet fimschich."

Die Sticheleien hatten sofort ein Ende, wenn die Wirtin einen neuen Stapel Reibekuchen aus der Durchreiche zog.

„Still jetzt, lasst dr Fränz in Ruhe. Jetzt wird jemüffelt!"
Lamberz' Lis war, so sagt man in Köln, „en resolut Frauminsch".
Niemand widersprach.

Nach dem vierten Rievkooche meldete sich Fränz zurück. Hartnäckig war er auch.

„Der englische Kaperkapitän Francis Drake, da habt ihr bestimmt schon mal was von gehört, kannte sich auch mit Kartoffeln aus. Für die Seefahrt hat er sie entdeckt. Seine Männer mussten immer rohe Kartoffeln essen. Gegen Skorbut."
Engelberts Hein wiederholte mit vollem Mund: „Skorbut."
Fränz war aber mit seiner Geschichte noch nicht fertig.

„Als Drake von einer seiner Fahrten in den Londoner Hafen
einlief, wurde er von der englischen Königin Elisabeth …“
  „Heißen die denn da alle Elisabeth?“
  „Nicht alle, aber viele. Unsere Wirtin heißt ja auch so …“

„Aber dat sagt doch kein Mensch …"

„Minge Männe hätt dat immer zu mir jesaat. Dat wor doch och ene Minsch. Oder?"

Nirgendwo Widerspruch.

„Wie war dat denn nun in London, Fränz?"

„Also, da war der ganze Hochadel. Die feinen Herrschaften. Die kamen auf das Kaperschiff. Und dort gab es ein richtiges Gelage. Ein Empfangsessen, sozusagen. Und als Höhepunkt von der ganzen Sache: Kartoffel. Kartoffel zu Ehren der Königin."

Pitter Drehermann, ein alter Stammgast der Kneipe, der früher einmal in Brück gelebt hatte, setzte an dieser Stelle seinen Kommentar ab.

„Vielleicht hätt die och Rievkooche jejesse!"

„Prost." „Ich auch noch eins. Heute hat dat Kölsch aber eine gute Temperatur. Wirklich lecker."

„Unsere Elisabeth kann se äver nit nur esse, se kann se och jot backe!"

„Dat stemmt!"

„Mach wigger, Fränz."

„Die Kartoffel enthält auch noch wichtige Nährstoffe. Vor allem Vitamine."

Das Wort „Vitamine" ließ alle verstummen. Jeder beschäftigte sich jetzt mit seinem Reibekuchen oder seinem Bier. Einige starrten angestrengt auf die kleinen Reibekuchen, als wollten sie dort die Vitamine mit bloßen Augen entdecken. Andere wischten sich aufwendig das Fett von den Lippen. Alle wussten natürlich, was Vitamine waren, aber gesehen hatte sie noch keiner.

So ging es zu bei Lamberz' Lis, so oder so ähnlich. Immer mal wieder stand die wunderbare Frucht oder das, was man daraus machen konnte, im Mittelpunkt der Gespräche, und nicht selten war Bornheims Fränz darin verwickelt.

„Im Bergischen Land kennen die Leute den Pillekuchen. Das ist der Vetter vom Reibekuchen, nicht der Bruder. Zuerst werden Kartoffel in Streifen geschnitten und mit viel Öl in der Pfanne gebraten. Dann kommt Salz und anderes dazu. Ich hab' natürlich das Rezept nicht immer parat, doch schmecken tut der wunderbar."

Es war vor dem letzten Punktspiel von Preußen Dellbrück gegen TSG Vohwinkel 80. Die Stammgäste rätselten gerade herum, ob Röhrig und Habets, zwei wichtige Stammspieler der Preußen, trotz Verletzung spielen würden oder nicht, da kam Fränz wieder auf sein Thema zurück.

„Direkt nach dem Krieg war ich oft in der Eifel. Manchmal bis Rheinbach oder Meckenheim. Ich hatte da einen Kriegskameraden. Ich bin mit dem Traktor bis in die Eifel gefahren. Hatte man da den Anhänger voll mit Kartoffeln, musste man höllisch aufpassen, dass die Kartoffeln keine Beine bekamen. Die Leute waren hungrig ..."

Alle wussten, dass es jetzt wieder eine Kartoffelgeschichte geben würde. Hätten die von Fränz so geliebten Erdfrüchte auch nur die allerkleinste Direktwirkung auf die Fußballspieler von Preußen Dellbrück gehabt, vielleicht in Form eines geheimen Kartoffelwundermittels, hätte Fränz das Rezept rausrücken müssen. Es kam aber nur eine Episode aus Fränz' Nachkriegszeit. Im Vergleich zu den Fußballgeschichten hatten die Geschichten von Fränz an diesem Tag wenig Chancen.

So war es auch am Tage nach dem berühmten Spiel.

„Dat war ävver knapp. 2:1 für Preußen. Dat sieht schlecht aus für Vohwinkel. Dat tut mir echt Leid für die Jungens, ävver für Preußen is dat natürlich jut. Jut, dat dä Herkenrath so jut war."

So stürmte Willi Weiler an dem Montag nach dem Match durch die Gasthaustüre. Willi Weiler war einer der ersten Taxi-Unternehmer des Ortes und Stammgast bei Lis Lamberz wie Fränz, Tünn, Hein, Jupp, Arthur und all die anderen. Willi hatte seit zwei Jahren einen pechschwarzen „Opel Olympia", mit dem er hauptsächlich die vielen Straßen auf der Schäl Sick heimsuchte. Willi raste und gab Gas, nahm die Kurven rasant und hatte auch vor Bordsteinen keine Angst. Er war ein flotter Renner und hatte, kaum dass er drei Monate sein Geschäft betrieb, den Namen „Flotter Willi" erhalten, gegen den er auch nichts einzuwenden hatte.

Der „Flotte Willi" forderte einmal „Ädäppels-Fränz" zu einem Wettkampf auf. Einfach so, aus Spaß an der Freud. Es war an einem Donnerstag. Ein Donnerstag, der in die bewegte Geschichte der Lamberz-Kneipe eingehen sollte.

Willi eröffnete.

„Fränz, ich kenn' dich doch jetzt schon so viele Jährchen, dat war ja noch vor dem Krieg. Damals haste ja mit den Kartoffeln gerade angefangen. Weeste dat noch. Un in all den langen Johren sin ich dich immer Rievkooche essen …"

„Das kann schon so sein."

Fränz wusste nicht, worauf der „Flotte Willi" hinauswollte, doch konnte er nicht widersprechen. Einige Gäste, und besonders diejenigen, die immer da waren, nickten. Neugierige bemerkten an Willis Einleitung, dass sich etwas anbahnte. Willi sprach nämlich jetzt Hochdeutsch mit dicken Knubbeln. Mit kölschen Knubbeln.

„Wie viel Rievkooche isst du denn am Tag?"

„Kommt immer drauf an. Vier, manchmal sechs. Es kommt darauf an, wie das mit der Arbeit war. Je mehr Säcke ich schleppe, desto größer ist der Appetit."

„Hm, hast du denn schon mal övver zehn Stück verdrückt?"

Kopfschütteln und Schulterzucken machten die Runde.

„Kann mich nicht erinnern."

„Wie viel traust du dir denn zu?"

„Worauf willst du denn hinaus?"

Der „Flotte Willi" schmunzelte. Er hatte sich eine feine Geschichte ausgedacht.

„Ich will mit dir wetten."

„Wetten? Um was?"

„Wetten oder so ähnlich. Ich mach' dir mal 'nen Vorschlag. Du kannst Rievkooche esse, so vill de wills. Bleibst du unter zehn, bezahlst du. Über zehn bezahl ich. Un de Getränke. Und für jeden über zehn bekommst du fünf Mark. Einen richtigen Heiermann!"

Fränz trank langsam sein Kölsch aus, dann setzte er das leere Glas noch langsamer auf die Theke.

„Mach ich, Willi. Aber das wird teuer. Du sagst klar, wann und an welchem Tag, und ich bestimme, um welche Zeit. Klar doch?"

„Einverstanden. Nächsten Samstag."

Willi Weiser fand den Samstag besonders gut, denn an diesem Tag fuhr sein Schwiegersohn das Taxi, und diesen Scherz wollte er in vollen Zügen genießen. Er wiederholte.

„Topp! Nächsten Samstag!"

„Abgemacht unter Zeugen!"

Die Zeugen tranken hastig aus. Erste Wetten wurden abgeschlossen. Die Angelegenheit sprach sich herum. An der Schweinheimer Straße, auf dem Iddelsfeld, vom Isenburger Kirchweg bis zur Gladbacher. Samstagnachmittag war Lamberz' Kneipe voll. Punkt vier Uhr. Die Luft war blau. Die Fenster weit geöffnet. Hanni Eilemann half in der Küche aus, wo Lis die Regieanweisungen gab. Im Keller lagerte genügend Löwen-Kölsch. Die Spannung stieg.

Um Punkt fünf Uhr betrat Fränz den Schankraum. Er war

wohl einer der Letzten. Wie ein Matador betrat er den Ring. An der Theke warteten schon der „Flotte Willi" und die Stammmannschaft, diesmal vollständig. Zurufe. Schulterklopfen. Händeschütteln.

„Denk dran, Fränz, mir han ob dich gewettet. Du bis dä Favorit."

„Dä Fränz hät seit zwei Dach schon nix mih gejesse. Luur ens, wie klapperich dä ussüht."

„Drenk nit su vill Kölsch, Fränz, dat mät su voll. Drenk leever Schabau, dat räumt!"

An Zustimmung und guten Ratschlägen fehlte es nicht. Bornheims Fränz traute man einiges zu.

Bornheims Fränz aß an diesem Tag vierundzwanzig Reibekuchen. Der flotte Willi blätterte ihm konkrete siebzig Mark auf die nackte Hand, übernahm die Getränke wie selbstverständlich. Es gibt keine Weltrekorde in dieser Disziplin. Auch in den Guinness-Büchern der fabelhaften Höchstleistungen, die es damals aber noch nicht gab, sind bis auf den heutigen Tag keine Eintragungen bezüglich eines Rievkooche-Rekordes festgehalten. Es war einfach fabelhaft. Und Franz Bornheim hatte es allen gezeigt. Eine persönliche Bestleistung, ehrlich, öffentlich und auch tapfer erkämpft. Vierundzwanzig an der Zahl, im Zeitraum von fünf Uhr nachmittags bis null Uhr nachts.

Lamberz' Lis, die sich ansonsten in solchen Sachen sehr zurückhielt, ließ sich aber an diesem Tag von der Begeisterung ihrer Freunde und Gäste mitreißen und spendierte glatt drei Runden Schabau für alle und dazu ein besonderes Versprechen.

„De Schütze han ihre Künning, dä Jecken ihren Prinz, un wir han unsere Fränz. Dä Fränz is so lang Rievkooche-König, bis dä neue Rekord jebroche wäud. Dat de dat geschafft hast, dat hät ech nit jedach. Un wenn de ens nicht mehr bis, un se dich unger de Äd bringe, dann krisse noch von mir en Paket in et Grav erenjelaat!"

Das war für Lamberz' Lis eine sehr lange Rede. Danach wurde es sehr lebhaft. Jeder sprach mit jedem, alle zur gleichen Zeit und alle kräftig durcheinander. Der „Flotte Willi" würdigte Fränz, und der schmiss eine Runde für alle. Ab diesem Tag war er der Reibekuchenkönig von Schweinheim, von der ganzen Schäl Sick, von ganz Köln.

Viele Jahre nach diesem Reibekuchenwettessen bei Lamberz' Lis, genauer gesagt, fast zweiundzwanzig Jahre danach, starb Bornheims Fränz. Lis hatte ihre Gaststätte schon seit Jahren verpachtet und die Kneipe ihr Gesicht völlig verändert. Die Gastwirte hießen Carmen und Lothar, Musikbox und Flipper beherrschten das Geschehen und von Preußen Dellbrück sprach niemand mehr. An Bornheims Fränz hatte die jetzige Stammkundschaft nur noch vage Erinnerungen, doch noch einmal tauchte sein Namen auf. Nach seiner Beerdigung auf dem Ostfriedhof.

„Wer ist tot?"
„Bornfein wie?"
„Nicht Bornfein. Bornheim. Franz Bornheim."
„Kenn' ech nich. Nie gehört."
„Muss du aber. Sicher kennst du den. Dat war doch der Alte, dä lang Dünn. Dä stand doch immer hä vorn an dr Theke."
„Hhm."
„Dä hatte doch en Kartoffelgeschäft oder so wat."
„Un, wat es met dem?"
„Dä es tot. Beerdigt han se dänn. Auf dem Ostfriedhof."
„Vierundsiebzig geht ja noch, aber eigentlich zu früh. Hatte wohl nich so viel Angehörige. Meine Schwiegereltern sind da mit. Muss aber wat Besonderes gewesen sein."

„Wieso dat denn?"

„Na, bei de Beisetzung haben se dem wat in dat Grab jeworfen. En richtiges Paket oder so wat."

„Ming Schwiegervatter sät, dat dat dat Lamberz' Lis jewesen sei …"

„Kenn' ich auch nich."

„Du Blödmann, dat Lis wor doch die alte Wirtin hier."

„Aber wat wor denn mit dem Paket?"

„Dat Lis hät dämm dat Paket ob den Sarg geschmisse, dann hät se jesacht: ‚Versprochen is versprochen. Du bis unsere Künning', dat hät se jesacht. Un dä Pfarrer hät jenickt."

Entengrütze

Zwei Enten schwammen dicht nebeneinander auf einem Teich. Hinter ihnen, im Abstand von fünf Metern, folgte ein Erpel.

„Kennst du diesen Burschen?", fragte die Ente, die an den Seiten einige helle Federn besaß.

„Kenn' ich nicht. Interessiert mich nicht!" Die dunklere Ente schüttelte sich dabei etwas.

„Die Kerle werden immer aufdringlicher. In diesem Jahr ist es besonders schlimm!"

So schwammen sie weiter bis ans Ufer. Der Erpel folgte in gebührendem Abstand.

Die beiden Enten watschelten die Uferböschung hoch und hockten sich in den Schlamm. Sie setzten sich so, dass sie einen guten Überblick über den Teich und die Gegend hatten. Vor ihnen kreuzte der Erpel, der jetzt seine bunten Federn etwas aufstellte und einige Schleifen schwamm.

„Angeber!", zischte die mit den weißen Federn.

„Und was machen wir jetzt?"

„Wir müssen doch nicht immer etwas machen. Ich schlage vor, wir bleiben hier. Hier haben wir alles im Blick, die Sonne scheint und unter unseren Bauchfedern kühlt uns der feuchte Schlamm."

„Können wir … aber wir könnten ja auch etwas spielen …"

„Also doch wieder Action."

„Nein, diesmal anders. Nicht, wie du es meinst. Wir könnten doch hier so bleiben und uns gegenseitig Rätsel aufgeben. Oder Geschichten erzählen …"

„Geschichten erzählen?"

Die dunklere Ente war noch skeptisch.

„Na ja, nur so zum Spaß und Zeitvertreib. Irgendwelche

Geschichten. Das regt die Fantasie an, und dummer wird man auch nicht davon. Ich schlage mal richtige Lügengeschichten vor. Jeder denkt sich eine aus. Nur so ganz kurze. Und der andere sagt dann immer: „Das kann sein! Das glaube ich! Das stimmt bestimmt!"

Aber wenn er einmal sagt: „Das stimmt niemals. Das glaube ich nicht, dann hat er verloren, denn dann war die Lüge besonders gut!"

„Hm", meinte die dunkle Ente nur. „Komisches Spiel."

„Du wirst schon sehen. Und wer gewinnt, bekommt einen Teller Entengrütze gratis. Ich fang' mal an."

So saßen die beiden Enten da und tischten sich die sonderbarsten Geschichten auf. Die Weißfedrige legte gleich los.

„Also, ich denke mir, dass du diesen schönen Erpel da irgendwann heiraten wirst und mindestens sieben Junge von ihm bekommst."

Das fing ja gut an, doch so dumm, wie die weiße Ente annahm, war die mit den dunkleren Federn nicht.

„Ich könnte mir das auch vorstellen. Irgendwann einmal. Aber nicht in diesem Jahr. Jetzt bin ich dran."

„Ich bin mir ziemlich sicher, dass der Franz Beckenbauer noch einmal in die Fußballnationalmannschaft als Spieler zurückkehrt."

Die Weißfedrige merkte natürlich sofort den Unsinn, doch ließ sie sich nicht hereinlegen.

„Davon bin ich sogar überzeugt. In Amerika gibt es ja jetzt eine neue Frischzellentherapie. Der gute Franz fliegt in die Staaten, unterzieht sich einer Kur und kommt nach Rückkehr zu den alten Europäern sofort wieder in die Nationalmannschaft."

Donnerwetter, dachte die andere Ente, die ist aber ganz schön clever, hätte ich nicht gedacht. Mal sehen was jetzt kommt.

„Also, ich bin fest davon überzeugt, dass du in deinem Leben noch einmal mit einem Raumschiff zum Mars fliegen wirst."

„Zum Mars?" Jetzt gab es ein kleines Zögern.

„Na klar doch. Pakistan und Indien führen den schon lang erwarteten Atomkrieg. Es werden zwei Bomben auf jeder Seite gezündet. In den USA wird ein Atomkraftwerk in die Luft gesprengt. In der Ukraine sind die Getreidefelder mit einem Virus verseucht worden, und bei uns sind die Trinkwasservorräte erschöpft. GREENPEACE hat eine moderne Arche Noah gebaut, von allen Tieren einige eingeladen und fliegt nun zur ersten GREENPEACE-Station zum Mars. Ich gehöre zu den Auserwählten!"

So ging es noch einige Male hin und her. Jetzt war die mit den dunkleren Federn wieder dran. Der Erpel kreuzte in der Zwischenzeit in seiner Einfalt ständig vor ihnen auf dem Teich herum. Er hatte sich jetzt bis auf drei Meter dem Ufer genähert, was der Weißfedrigen zu der Bemerkung Anlaß gab: „Der Kerl wird ja immer aufdringlicher. Und neugierig ist der auch noch."

„Stör dich nicht an dem. Wir machen einfach weiter. Es ist doch ganz schön spannend unser Spiel."

Dann griffen sie den Faden wieder auf.

„Wenn du mal gestorben bist, wirst du weiterleben. Hundert Prozent. Du bist tot und kannst wieder leben. Davon bin ich überzeugt. Glaubst du das auch?"

Puh, dachte die andere. Das wird ja immer verrückter. Jetzt kommt die auch noch mit solchen Esoterik-Geschichten. Dann fragte sie sich, ob ihre Gefährtin sich wohl schon mit dem Hinduismus auseinander gesetzt hatte. Erstaunlich eigentlich für eine Teichente, aber es wäre ja immerhin denkbar. Doch dann fand sie eine noch überzeugendere Antwort.

„Ich bin davon fest überzeugt, dass es so sein wird, wie du sagst. Ich habe ohnehin vor, über den Ärmelkanal nach England zu fliegen und dann hinauf nach Schottland. Da werde ich mich klonen lassen. Dolly lässt grüßen. Es ist genau so, wie du sagst: 100 %!"

Die Braunfedrige war beeindruckt. Es wurde immer spannender. Das Spiel ging schon über eine Stunde so. Jetzt war die Weißfedrige wieder dran.

„Kommen wir mal zur Gastronomie. Gehen wir mal nach China. Weißt du, dass die Chinesen am allerliebsten Hunde essen. Richtige Hunde!"

„Niemals! Das glaube ich nicht!"

Jetzt hatte sich die Ente mit den dunkleren Federn spontan zu dieser Äußerung hinreißen lassen. Eigentlich war das Spiel nun für sie verloren. Aber immerhin gab es noch eine winzig kleine Chance. Sie sagte: „Glaub' ich nicht! Glaub' ich nicht! Glaub' ich dir nicht! Wo sind die Beweise?"

Die mit den weißen Federn war empört. Auf jeden Fall tat sie so.

„Was heißt denn hier Beweise! Du ungläubige Teichente! Wenn ich es dir sage!"

„Glaub' ich nicht. Glaub' ich nicht! Beweise! Beweise!", fing die andere wieder an.

„Na gut, dann werde ich den Beweis antreten. Siehst du dahinten am anderen Ufer des Teiches das Speiselokal mit dem Biergarten?"

„Ja, sehe ich. Und?"

„Das ist ein chinesisches Restaurant. Original chinesische Küche, vom Feinsten. Da schwimmst du jetzt hin, lässt dir den Koch holen und fragst ihn. Ich warte hier auf dich, und dann wird sich ja herausgestellt haben, dass ich dich nicht belogen habe."

Die Dunkelbraune machte sich augenblicklich auf den Weg. Schmiss dem eingebildeten Erpel noch einen vernichtenden Blick zu – und weg war sie.

Von dem chinesischen Koch hat sie dann gehört, dass in China tatsächlich Hunde zu den Lieblingsgerichten der Chinesen gehören, doch „Chinesische Enten" mindestens genauso beliebt sind. Sie hat es am eigenen Leib erfahren.

Die weißfedrige Ente aber watschelte die Böschung hinab, wo der Erpel schon die ganze Zeit auf sie gewartet hatte.

Die Zecke

Die Zecke hockte jetzt schon drei Monate auf dem Baum. Drei Monate sind eine sehr lange Zeit, auch für Zecken. Sie hatte sich unten an ein Buchenblatt geklammert und wartete, wartete, wartete und wartete.

Sonne, Wind und Regen, Trockenheit, Staub und Nebel, alles hatte sie erlebt, doch sie wartete und wartete. Dann kam der große Augenblick, der ihr den Zugang in die weite Welt eröffnete.

Unter ihr ging eine Frau mit einem Hund spazieren, und im richtigen Moment ließ sich die Zecke fallen. Das war eine große sportliche und logistische Leistung. Es gab nur diesen einen Augenblick in ihrem Leben – und alles musste stimmen. Es war Ende August und die Frau trug nur ein leichtes Sommerkleid und der Hund ein dickes Fell. Die Zecke landete genau im Fell des Hundes. Der Hund hatte es noch nicht einmal bemerkt.

Zecken lieben warme Stellen, und eine solche hatte sie jetzt gefunden.

Als abends der Mann nach Hause kam, sah er, wie seine Frau den Hund bürstete. Später sah er, wie sich seine Frau unter dem Arm kratzte. Mehr sah er nicht.

„Was hast du denn?", fragte der Mann.

„Mir ist so, als wäre da was. Aber es ist nichts."

Und dann juckte sie sich noch einmal an derselben Stelle. Auch der Mann konnte nichts entdecken, denn die Zecke hatte sich schon längst auf den Weg zum Bauchnabel gemacht. Als der Zecke der Bauchnabel zu langweilig wurde, rutschte sie weiter. Dort blieb sie erst einmal in Lauerstellung.

Am nächsten Tag machte dann die Zecke als blinder Passagier eine Reise in ein Hochhaus. Es war ein modernes Gebäude einer

Versicherungsfirma mitten in der großen Stadt. Hier konnte sich jeder, der genug Geld hatte, gegen alles versichern lassen. In diesem Haus arbeitete der Mann der Frau, die mit dem Hund unter der Buche spazieren gegangen war, in einem feinen Büro.

Irgendwann am nächsten Tag fing der Mann mit dem Kratzen an. Er hatte gerade den Computer aktiviert. Er merkte nicht, wie ihm die Zecke neugierig über die Schulter schaute. Das ist also ein Computer, dachte die Zecke. Sie hatte von solchen merkwürdigen Maschinen gehört. Mit einem Computer sollte man fast alles können, auch solle man mit so einem Ding überall hinkommen. Jetzt war sie richtig gespannt. Der Mann kratzte sich ein wenig in den Haaren, doch hatte er die Zecke immer noch nicht bemerkt. Die Zecke starrte auf den Bildschirm. Den Computer fand sie richtig doof. Überall nur Zahlen und Tabellen, manchmal auch Namen. Da stimmte doch irgendetwas nicht. Doch die Zecke hatte Geduld. Irgendwann drückte der Mann auf eine Taste – und auf dem Bildschirm tauchten viele nackte Frauen auf. Das machte den Mann wohl etwas durstig, denn er trank jetzt zwei große Gläser mit Mineralwasser. In diesem Moment ging die Türe zu dem Zimmer des Mannes auf und ein anderer Mann kam herein. Der Mann, dessen Frau mit dem Hund im Wald gewesen war, drückte jetzt schnell auf eine andere Taste – und die nackten Frauen waren alle verschwunden.

Jetzt hatte die Zecke den Trick verstanden. Man brauchte nur die richtige Taste zu drücken, und dann ging der Wunsch in Erfüllung. Eine tolle Maschine, dachte jetzt die Zecke, es ist doch gut, dass ich nicht schon zugestochen habe. Mein Warten wird sicher belohnt, die Menschen sind doch mächtig schlau. Und sie nahm sich vor, genau so schlau zu sein wie die Menschen. Sie brauchte nur zu warten. Irgendwann würde der Mann ja wieder zu seiner Frau und dem Hund zurückkehren, dann war ihre Stunde gekommen.

So, wie die Zecke gedacht hatte, kam es auch. Als sie sich sicher war, dass der Mann und alle anderen Menschen in dem großen Glashaus nicht mehr da waren, machte sie sich ans Werk. Sie sprang von einer Taste zur anderen.

Zack, da tauchte das erste Bild auf.

Sie sah einen jungen Mann mit einer großen Brille und großen Zähnen, dessen Haare wild waren und der sich mit Schwung auf den Boden warf und so richtig nahe auf die Zecke hinrutschte. Dabei bewegte dieser Jüngling noch sein großes Maul, doch was er sagte oder sang, konnte die Zecke nicht verstehen. Also sprang sie auf eine andere Taste.

Zack, da tauchte ein neues Bild auf.

Diesmal war da ein Mann mit einem Fallschirm auf dem Rücken. Er hatte einen großen Schnauzbart. Mit dem Schnauzbart und dem Fallschirm kletterte der Mann in ein Flugzeug und sprang von dort in die Tiefe. Alles sollte Sport sein. Prima, dachte die Zecke, aber ich kann es besser, denn einen Fallschirm brauche ich nicht. Also sprang sie wieder auf eine andere Taste.

Zack, da tauchte wieder ein neues Bild auf.

Sie sah, wie dieselben Autos immer im Kreise fuhren. Es machte mächtig Lärm, und die Luft war voll mit nebeligen Dämpfen. Das dauerte und dauerte, und die Autos fuhren im Kreise. Manchmal wurden Bilder gezeigt, da brüllten und jubelten die Menschen, die sich das Rumkurven der Autos ansahen. Das scheint denen zu gefallen, dachte die Zecke. Ich kann beim besten Willen daran nichts finden. Langsam bekam sie Durst. Also sprang sie wieder auf eine andere Taste. So sprang sie und sprang, die ganze Nacht, bis zum Morgen.

Sie wusste jetzt, was Kriege waren, wie Mörder aussahen, dass in Amerika der Wind ganze Häuser fortgeweht hatte, in Frankreich die Wälder angezündet worden waren, in Afghanistan die Kinder auch nach dem Krieg noch hungrig waren und dass man nackte Frauen an einem Computer nicht stechen konnte.

Völlig erschöpft ließ sich die Zecke am frühen Morgen zwischen die Tasten fallen. Sie sehnte sich nach dem wirklichen Leben. Sie sehnte sich nach ihrem Wald, dem Hund, der Frau und dem Mann.

Sie hoffte, dass der Mann, dessen Frau mit dem Hund immer im Wald spazieren ging, bald wieder in sein Büro kam, dann würde sie wieder zu der Frau können, dann auf den Hund springen, und der würde sie wieder zurück zu ihrer Buche bringen. Doch der nächste Tag war ein Samstag. Der Tag danach war ein Sonntag. Die Zecke wusste das nicht, auch nicht, dass an diesen Tagen der Mann nicht in sein Büro kam.

Als der Mann, dessen Frau mit dem Hund im Wald spazieren ging, montags in sein Büro kam, wischte er mit einem Papiertaschentuch einen kleinen schwarzen Krümel von der Tastatur seines Computers, dann stellte er ihn an. Die Zecke hat ihn nicht mehr kommen hören.

Die Tüte

Der Wind trieb die leere Bäckertüte gegen den Bordstein. Die Tüte war an der Seite eingerissen. Sie war auf den Gehweg geflogen, drehte sich und blieb mit der Aufschrift nach oben liegen. Der Wind hatte sie zu einem kleinen Luftsack aufgepumpt. Erneut wurde sie von einem Stoß erfasst, der sie rüttelte, anschob und weitertrudeln ließ. Am Stahlbein eines Ausstelltisches vor einem Buchladen hatte ihre kleine Reise ein vorläufiges Ende.

Menschen kamen und gingen. Beine bewegten sich in gegensätzliche Richtungen. Schuhe knirschten. Ein Hund kam und schnupperte an der Tüte. Er zog den Geruch von ihr ein und schob seine Nase in die Öffnung. Sein Interesse dauerte nicht sehr lang.

Ein Mann stand vor den Büchertischen. Seine Augen suchten die ausgestellten Bücher ab. Es waren preisreduzierte Bücher, die hier angeboten wurden. Ramschware, Remittenden. Im Verlaufe eines Jahres wurden mehrere Male Bücher aus dem Sortiment genommen und als Mängelexemplare preiswert angeboten.

Der Mann an dem Büchertisch griff nach einem Fotoband. Er blätterte in dem Buch und sah sich die Bilder an. Alle Fotos waren schwarzweiß, sie zeigten Menschen an ihren Arbeitsplätzen. Menschen in einer englischen Stadt.

Männer schleppten große Müllcontainer zu einem halb offenen Lastwagen. Ein Schreiner stand in seiner Arbeitskleidung vor einem Holztisch, in der Hand hielt er einen Hobel. Ein Zimmermädchen mit einer weißen Schürze und einem kurzen Kopftuch schob einen Rollkasten mit Bettwäsche über einen Hotelflur. Ein Matrose befestigte ein starkes Seil an einem Dolmen. Er hatte weite Hosen an und trug ein ärmelloses Unterhemd. Auf einem Arm war deutlich eine Tätowierung zu erkennen.

Der Mann drehte das Buch herum. Es war nur wenige Jahre alt. Früher hatte es fünfzig Mark gekostet, jetzt wurde es für vier Euro angeboten.

Der Mann nahm sich das Buch, betrat den Laden. An der Kasse legte er einen Fünf-Euro-Schein hin und erhielt eine Münze zurück. Er verließ den Buchladen.

Vor dem Eingang lag die Bäckertüte, dick und aufgeblasen. Der Mann trat auf die Tüte, er merkte es nicht.

Auf der Brücke

Der Dom liegt in einem Milchschleier. Das breite Wasser fließt flach, unmerklich, behäbig wie ein silbergrauer Teig. Gegen die Fließrichtung kämpft ein Lastkahn. Er ragt hoch aus dem Wasser, ein Schiff ohne Fracht. Die schwarzrotgoldene Flagge hängt schlapp an der Heckstange. Die Maschinen arbeiten schwer. Gleichmäßig weht der dumpfe Klang der Motoren über den Strom. Silbermöwen teilen die Luft. Von Groß-St. Martin tönt ein helles Glöcklein.

Ein kleines Mädchen und ein schwarzer Hund stehen auf dem schmalen Seitendeck des Schiffes. Ihre Blicke richten sich auf die Häuser am Ufer. Durch das schmale Fenster der hochgelegenen Schiffsbrücke zeichnen sich die Umrisse eines Mannes ab. Der Steuermann. Der Kapitän. Der Eigner. Vereint in einer Person?

Die breite Spitze des Schiffes schiebt das träge Wasser beharrlich zur Seite. Eine Plastiktüte wird vom Strom davongetragen, dreht sich und verschwindet. Die Möwen haben auf den oberen Rändern eines Brückenpfeilers Platz gefunden.

Jetzt hat der Kahn die Brücke hinter sich gelassen. Es bleibt das aufgewirbelte Wasser, schäumend, braun und gelb.

Ein dumpfes Dröhnen kündet das Nahen eines Zuges an. Eine rote Diesellokomotive zieht grüne Wagen. Von der Last des Zuges erzittert die Brücke. Die Fenster der Waggons sind erleuchtet. Gesichter huschen vorbei. Zeitungsleser. Ein Kind. Zwei Männer, ein Mädchen mit einem Bürstenschnitt. Zwei junge Frauen gleiten auf ihren schmalspurigen Rollschuhen heran. Ihre Bewegungen sind leicht und fließend.

Das Glöcklein am Ufer ist verstummt. Drei japanische Touristen schwenken ihre Video-Kameras, sie halten die Geräte auf das Wasser, dann lenken sie die Kameras in Richtung Ufer. Neue

Züge schieben sich über die Gleise. Diesmal reagiert die Brücke noch stärker. Eine Schulklasse nähert sich. Die Schüler haben sich zu kleinen Gruppen formiert. Lachen. Schnelle Worte und Sätze. Die Video-Kameras halten die kleine Karawane fest, bewegen sich jetzt zu den Zügen hinüber, die sich in diesem Augenblick kreuzen. Ein Gegenstand fällt. Es ist ein Joghurtbecher. Die Sohlen schwerer Sportschuhe zertreten ihn.

Der Kahn hat jetzt die stromaufwärts liegende Deutzer Brücke erreicht. Von dem Mädchen und dem Hund ist nichts mehr zu sehen. Das Schiff steuert nun ein wenig mehr in der Mitte des Stromes.

Der Spezialist

An der U-Bahn-Treppe stehen Glücksspieler. Sieben Männer. Ein wenig zerbeult und zerzaust, die Haare verschwitzt, die Schuhe alt und ausgetreten. Eine Batterie Bierflaschen drängt sich ungeordnet an eine der Kachelwände. Flaschen werden in der Hand gehalten, andere sind als Kegel aufgestellt. Von dem Bahnsteig der U-Bahn gehen einige Stufen auf eine Zwischenebene, und von dort führen eine lange Steintreppe und eine Rolltreppe auf den Hansa-Ring. Auf der Plattform der Zwischenebene spielen die Männer um Geld.

Einer der Männer ist Schiedsrichter. Auf Zuruf einigt man sich über die Höhe des Einsatzes. „10 Cent", „20 Cent". „Gut, 50 Cent."

„Der Einsatz ist 50 Cent. Alles klar?" Niemand widerspricht. Die breite Treppe vor der Zwischenebene hat vier Stufen. Es folgt jetzt eine Absprache, von welcher Stufe aus geworfen werden darf. Untere Stufe, obere Stufe. Ziel ist es, die Münzen möglichst dicht an die gegenüberliegende Wand zu werfen. Wer der Wand am nächsten kommt, dem gehören alle geworfenen Geldstücke.

Die Spieler konzentrieren sich. Die Reihenfolge der Werfer entwickelt sich spontan. Der erste Werfer, ein kleiner, vierschrötiger Mann, beugt sich weit nach vorne, mit einer kräftigen Bewegung lässt er die Münze flach über die Platten rutschen. Von der gegenüberliegenden Wand prallt sie zurück. Der Wurf war zu feste. Kein guter Wurf!

Der nächste Spieler hat eine andere Technik, er lässt das Geldstück fast rollen. Andere versuchen mit einem Bogenwurf möglichst nahe an die Wand zu kommen. Ein stangendürrer Bursche mit fettigen goldgelben Haaren und einem von Akne geröteten Gesicht, in der linken Hand eine Bierflasche, ist der Letzte in der Reihe. Er wirft mit einer Sichelbewegung die Münze, doch im Gegensatz zu seinen Vorgängern hat er das Geldstück zwischen dem Daumen und Mittelfinger gedreht. Er hat Erfolg. Seine Münze rutscht und schrammt bis an die Mauer. Anerkennung. Hallo und prost! Die Männer respektieren den Wurf. Der Gelbhaarige sammelt die Münzen auf und lässt sie in der Seitenjacke seines braunen Sakkos verschwinden.

Neues Spiel. Neuer Einsatz. Derselbe Gewinner. Der Mann ist geschickt. Der Ehrgeiz der Verlierer ist ungebrochen. Der Einsatz wird wiederholt. 50 Cent, sechs Spieler, es geht um drei Euro. Der Schiedsrichter wechselt. Neubeginn.

Eine U-Bahn fährt ein. Fahrgäste steigen aus, sie suchen sich ihren Weg zur Rolltreppe. Das Spiel ist unterbrochen.

Trinkpause. Neuorganisation und Fachsimpelei. Jetzt wird von der unteren Stufe geworfen, damit ist die Distanz zur Wand vergrößert. Wieder werden 50 Cent geworfen. Die Gewinner wechseln. Der Gelbhaarige bleibt bei seiner Technik. Er ist erfolgreich. Andere versuchen seine Wurfart zu übernehmen. Doch erfordert diese spezielle Art des Münzwerfens Übung, Erfahrung und Geschicklichkeit.

Bier muss geholt werden. Zigaretten auch. Eine neue Bahn fährt ein. Ihr entsteigen drei Männer und ein Hund mit einem Maulkorb. Sicherheitsdienst. Die Spieler gehen auf den Bahnsteig. Sammeln wortlos ihre Flaschen auf. Die uniformierten Wachdienstleute gehen weiter. Misstrauische Blicke werden gewechselt. Der Hund ist aufmerksam. Die Spieler versammeln sich auf dem Bahnsteig, sie warten auf den nächsten Zug. Es gibt noch andere Bahnsteige, auf denen sich spielen lässt.

Exmorbus – Heilendes Kraut aus Wichheim

Wie kommt eine Kiste Wein aus Amerika nach Wichheim und was hat Max Schmeling mit Stechpalmen zu tun?
Um diese Fragen ging es. Zugetragen hatte sich die Sache mit dem Boxer zu Beginn der 30er Jahre des letzten Jahrhunderts. In einem kleinen schwarzweißen Fachwerkhaus. In einer Gärtnerei, direkt am Strunder Bach gelegen. Das Haus steht heute immer noch, schöner denn je, hat all den langen Jahren getrotzt, viele Menschen erlebt und noch mehr Geschichten gehört. Schräg gegenüber fließt der Bach, stehen Weiden knorrig und hohl, winken mit den Ruten, strecken sich mit dem Wind.

Das Haus hat ein kleines Familiengeheimnis, es geht um das Sammeln, Schneiden, Aufbewahren und Trocknen. Im Mittelpunkt der Geschichte steht ein lederartiges, dorniges Blatt. Das Blatt von Ilex aqufolium, damit es keine Verwechselung gibt. Der botanische Name der Stechpalme ist nur für die Spezialisten interessant, den meisten anderen reicht die deutsche Bezeichnung. Es geht um die heilende Kraft dieser Pflanze, um den Nutzen für den Menschen.

Da gab es eine alte Überlieferung. Von Mund zu Mund weitergetragen. Nichts Schriftliches, zunächst einmal nicht. Der Ilex ist stark giftig. Für Mensch und Tier, nicht alle Gifte sind bekannt. Vorsicht ist immer geboten. Aber das wussten viele Menschen. Das war kein Geheimnis. Hier ging es um ein vielfach erprobtes Heilmittel. Das Maß musste stimmen, auf die Feinheiten kam es an. Und auf die Zutaten, aber darüber soll weiter geschwiegen werden. Es war eine geheimnisvolle Mischung. Eine Prachtmischung.
Nach dem Abschneiden oder Rupfen der immergrünen, leder-

artigen Blätter der Stechpalme wurden die Blätter auf ein Ofenblech gelegt. Es folgte das Trocknen im Backofen. Das geschah alles in der Küche. Zwischen Kindern, Kochtöpfen, Kohlen, sauren Bohnen und einer Lage trockenem Streuselkuchen. Gearbeitet wurde immer auf Bestellung, bedarfsgerecht.

Die trockenen Blätter wurden in einem schweren Mörser zerstampft. Dann kam das Sieben. Die staubigen Blattkrümel wurden auf ein feines Haarsieb gelegt, dort wurde solange gerieben, bis ein feiner Staub entstand. Nur die Blattgerippe blieben zurück. Aus dem Pulver entstand ein Heilmittel. Und dann kam noch die Zutat, die aber nicht verraten werden durfte. Das Geheimnis. Das Pulver machte die Tante, die Schwester der Mutter. Der Onkel kannte sich auch gut aus, konzentrierte sich aber auf Heilmittel, die in der Regel aus kurzen Gläsern schnell heruntergeschluckt werden. Manchmal halfen auch die Kinder. Blätter zerreiben machte Spaß, auch das Zuschauen.

Mehr als zwei, drei Backbleche wurden nie hergestellt. Das staubfeine Zeug ging in eine Tasse. Aber das Pulver hatte es in sich!

Während die roten Beeren des Baumes giftig und ungenießbar waren, wurde aus den zerstaubten Blättern ein Arzneimittel gemixt. Ein Mittelchen gegen Gelbsucht. Die Hersteller sicherten 100-prozentigen Heilerfolg zu. Stopp! Nicht immer. Nicht bei der entzündlichen Gelbsucht, da nicht. Aber wenn jemandem die Galle übergelaufen war oder er sich furchtbar geekelt hatte, vor zitronengelber Hundekacke zum Beispiel, sodass das Gesicht quittengelb wurde, dann half das Pulver aus Wichheim.

Das Wundermittel sprach sich rum!

Die Nachfrage wuchs, gelbe Hundescheiße war anscheinend weit verbreitet, auch gehusteter Lungenschleim oder Nasenbrocken oder …

So wurde aus dem Hausmittel ein Naturheilmittel. Der Schritt zum patentierten Arzneimittel lag nahe. Dieser Schritt wurde versucht. Auch ein Name wurde gefunden. Auf kleinen beigen Pappkartons, kaum größer als zwei Schachteln Zündhölzer, stand:
EXMORBUS. Nur echt mit dem Namen EXMORBUS D.R.P. Hergestellt bei Gerhard Wester in Wichheim bei Cöln.

1931, noch vor seinem Boxkampf gegen Joe Louis, musste Max Schmeling wohl die schmerzvolle Bekanntschaft mit einem Leberhaken gemacht haben, vielleicht hatte er auch etwas Unerfreuliches gesehen – oder es war eine reine Vorsichtsmaßnahme. Egal! Fest steht, dass eines Tages eine **EXMORBUS-BESTELLUNG** in Wichheim einging. So bekam Gerhard Wester den Kunden Max Schmeling. Damals war Schmeling noch kein Weltmeister, aber auch schon kein Unbekannter mehr. Er war ein Hoffnungsträger der Boxwelt. Populär, erfolgreich. Auch in Köln hatte er einen Namen, war bekannt und für seine Anhänger zum Greifen nahe. In Mülheim am Rhein hatte Schmeling bei den Dübbers-Brüdern das Boxen gelernt. Beinarbeit, Seitstepp, kurzer Haken, rechte Gerade, Aufwärtshaken, die Deckung nicht vernachlässigen – und Leberhaken. Auch so etwas!

Die Dübbers-Brüder waren Faustkämpfer der allerbesten Garnitur. Und Mülheimer Jungen. Kopf, Herz, Faust und Witz. Burschen, die mitten aus dem Leben kamen. Wenn die Dübbers-Brüder boxten, gab es bei den Hacketäuern, den Familien in der Tiefenthalstraße, den Menschen in der Berliner Straße, den Zechern in den Kneipen und Kaschemmen Mülheims nur ein Thema. Rechts – links – Kombination, K.O.! Lange Linke, trockene Rechte usw. usf. Und von ihrem Können und Wissen hatten die beiden erfahrenen Boxer dem jungen Max einiges weitergegeben. Niemals mehr geklärt werden konnte, ob Schmeling von den Mülheimer Boxern auch den Tipp auf **EXMORBUS** erhalten hatte. Allerdings hingen in der Nähe des Carlswerkes von „Felten & Guilleaume" Dutzende von Plakaten, die auf das Boxen und das Wundermittel aufmerksam machten.

Max Schmeling, vielleicht hatte er das auch von den Dübbers-Brüdern übernommen, vergaß sein Dankeschön nicht. Irgendwann, 1932, nach seinem berühmten Kampf gegen Joe Louis, klopfte der Paketbriefträger an der Türe des Wester-Hauses. Kräftig.

„Hier ist ein Paket aus Amerika!"

Staunen.

„Für uns? Aus Amerika?"

„Aus Amerika. Herrn Gerhard Wester. Köln-Wichheim. Stimmt genau."

Und in diesem Paket waren mehrere Flaschen Wein.

„Vielen Dank und die besten Grüße! Ihr Max Schmeling."

EXMORBUS musste dem Max geholfen haben. Irgendwie. Es gab keine andere Erklärung als: Irgendwie. Ein ewiges Geheimnis. Ein Rätsel. Genau so wie die Zutaten, die **EXMOR-BUS** beigefügt wurden.

EXMORBUS gab es noch weiter, doch aus dem D.R.P., dem Deutschen Reichspatent, wurde nichts. Das fand keinen Anklang. Der Antrag war zwar gestellt worden, doch patentieren ließ das Zeug sich nicht. Ob mit oder ohne Patent war eigentlich eine Nebensache, entscheidend war, dass es half.

Fensterblick

„**R**enate?"

„Renate!"

„R e n a t e!?"

Komisch, soeben war sie doch noch da.

„R e n a t e!"

Ach, da ist sie ja!

„Ja, wo warst du denn, Renate? Im Badezimmer. Ach so. Ich hab'
nämlich schon nach dir gesucht.
Sag' mal, Renate. Dieser Fliesenleger. Der muss aber seinen Füh-
rerschein schon wieder haben. Der hat wieder den Firmenwagen.
Ich meine, der fährt ihn wieder selbst. Und die Frau fährt auch
wieder mit. Ja, die mit dem Blumentopf nach ihm geworfen hat.
Geht aber alleine in das Haus rein. Er immer im Abstand hinter-
her. Ist doch komisch – oder nicht?"

In 113 kommen die nicht so schnell aus den Federn. Bei den
meisten rührt sich noch nichts. Um elf Uhr. Nur die Wutke hat
die Fenster schon wieder aufgerissen. Kann man durchgucken
bis aufs Klo bei denen. Die hat auch noch nachts alle Fenster
auf. Auch bei den anderen regt sich so gut wie nichts. Ah, auf
der zweiten Etage, bei den Italienern, ist der Fernseher an. **Seh'**
ich am Flackern.

Warum die Wutke morgens um elf noch im Nachthemd
rumläuft, ist mir ein Rätsel.

Ich hab' das mal ausgerechnet. Über 40 % haben um zehn
Uhr noch die Rollladen runter. Um elf Uhr sind es noch über
20 %. Ist doch nicht normal. Im Winter kann ich das ja noch
verstehen. Aber es ist doch schon der 12. Mai. Ah, jetzt wird es
auch bei Brockhaus' lebendig. Zwanzig vor ist es schon.

„Renate?"

„Renate. Sag' mal. Wie heißt denn dieser Fliesenleger? Du wolltest dich doch mal erkundigen. Was? Hausmann? Nicht Hausmann? Hansmann. Bist du dir da sicher. Hansmann. Aha. Also Hansmann. Mir soll das recht sein."

Da kommt ja die kleine Natalie mit dem Hund. Die ist wieder rausgeschickt worden. Samstags morgens wollen die Eltern noch ein wenig alleine sein. Ich bin ja der Meinung, dass die Kleine noch zu klein für den Hund ist. Wie kann man denn so ein Kind mit solch einer Bestie alleine losschicken. Der scheißt dann doch sowieso überall hin. Die Alten liegen wohl noch im Bett. Das gefällt mir nicht. Ich finde das skandalös, dass die Kleine mit dem Hund alleine … Aber in 113 scheint sich keiner um dieses Problem zu kümmern.

Oh, das erste Pizza-Taxi. Klar findet der keinen Parkplatz. Na, Junge, da musst du schon auf den Bürgersteig rauf. Der will nach 113. Möchte mal wissen, wer so früh schon Pizza isst?

Jetzt geht die Kleine mit dem Vieh auch noch auf den Spielplatz. Macht die Dogge an einer Bank fest. Fängt an zu schaukeln. Hm. Nicht die Dogge. Natalie, die Kleine.

„Renate! Renate? Du wolltest doch mal die Nummer vom Jugendamt raussuchen. Hast du noch nicht. Denk doch mal dran. Familienfürsorge. Irgendwie."

Hab' ich mir gedacht, dass der nach 113 geht. Wenn jetzt eine Politesse käme, wäre der dran. Aber samstags lassen die sich doch nie sehen.

Jetzt fährt der Fliesenleger wieder weg. Mit dem Firmenwagen.
Aber sicher nicht zum Brötchenholen. Wühlt in seinem Kof-
ferraum. Was hat der denn da. Eimer, nee, zwei Eimer, eine

Wasserwaage und Arbeitsklamotten. Jetzt steigt er ein. Das ist aber eigentümlich …

„Renate. Dieser Hausmann arbeitet auch noch samstags!"
„Ja, ja. Von mir aus auch Hansmann. Du, der ist mit dem Firmenwagen weg. Und hat auch alle seine Arbeitsklamotten dabei. Das sollten wir uns mal merken."

„Morgen, Herr Handke! Hallo, wie geht es denn wieder? Wieder gesund? Noch nicht? Ah, noch nicht ganz. Gute Besserung!"

„Renate. R e n a t e!! Der Handke, der alte Hypochonder, ist auch wieder im Lande. Hab' ihn gar nicht zurückkommen sehen. Was, keine Kurverlängerung bekommen? Kann dann aber auch nicht so schlimm gewesen sein. Morris-Sowieso-Krankheit. Ich glaub', der legt sich immer so was Kompliziertes zu, damit das keiner versteht."

Jetzt fährt der Pizza-Mann wieder weg. Hast Glück gehabt, Junge. Glück, dass die Politessen samstags nicht aus den Federn kommen.

Tauben sind die reinsten Straßenräuber. Haben ja auch keine Feinde. Von wegen Pille für Tauben. Macht die Stadt doch nicht hier bei uns. Die wollen doch nur, dass die Domplatte und die Innenstadt nicht zugeschissen werden. Aber in Mauenheim ist denen das egal. Sitzen auch auf der Satellitenschüssel.

Jetzt ist die Kleine verschwunden.
    Ah, die Reiners geht einkaufen. Ganz flott heute morgen wieder. Die Figur immer betont.
    „Guten Morgen, Frau Reiners!"

Da kommt ja auch die Fliesenlegerfrau. Die kennen sich ja. Wer ist denn der Mann mit dem Koffer?

„Renate! Da geht ein Mann mit einem Koffer nach 113. Nein …, ein kleiner Koffer. Ich weiß nicht, ob der mit dem Auto gekommen ist. Könnte ein Arzt sein."

Ach, da ist die Kleine ja wieder. Was macht die denn jetzt im Gebüsch? Und wo ist denn der Köter? Was wühlt die denn da unter dem Strauch. Die hat da was gefunden. Einen Rollschuh. Nee, kein richtiger Rollschuh, so ein Roll-Dingsbums, Rollerblades oder so. Ob die den da versteckt hat? Sieht so aus. Vielleicht darf die von zu Hause aus nicht. Jetzt zieht sie ihn an. Nur ein so 'n Ding. Passt aber nicht. Gehört ihr denn ja auch nicht. Oder haben die Eltern ihr nicht die richtige Größe gekauft. Zutrauen würde ich denen das.

„Renate, du, es hat geklingelt. Nee, nicht an der Türe. Das Telefon.
R e n a t e!! Wo bist du denn schon wieder. Das T e l e f o n. Ich geh' nicht dran. Bin auch nicht hier. Also, ich bin nicht da!"

Jetzt gehen bei Suschewskis die Klappen hoch. Auch bei Lobers. Die scheinen sich ja regelrecht abgesprochen zu haben. Verdammt, da kommt schon wieder so eine Werbekolonne. Drei Mann. Unverschämte Bande. Schmeißen ihre Blättchen rücksichtslos in jeden Briefkasten. Der reinste Müll. Da sind auch viele Knastbrüder bei. Und Asylanten. Ich hab' ja meinen Briefkastendeckel zugeschweißt. Pech gehabt, Jungens. Bei mir nicht …

„Wer war denn dran, Renate?
Was? Wie? Euro-Pizza? Für uns. Kann doch nur ein Irrtum sein.

Denen hast du doch sicher Bescheid gesagt. Unverschämtheit. Die werden immer aufdringlicher."

Jetzt hat die Wutke keine Lockenwickler mehr auf ihrem Kopf. Ist eigentlich egal. Ob Lockenwickler oder keine, die Wutke sieht sowieso immer gleich aus. Jetzt ist die Kleine wieder verschwunden. Wo ist denn der Hund? Mensch! Da fährt schon wieder ein Pizza-Service durch die Straße. Das nimmt wirklich überhand.

„Sag' mal Renate, diese Rollstühle mit Elektromotor, diese kleinen Wägelchen, haben die eigentlich eine Geschwindigkeitsbegrenzung. Die Diependahl ist gerade an unserem Haus vorbeigebrettert, als käme sie vom Nürburgring. Weißt du nicht? Müssen wir mal nachfragen."

Da kommt ja der Kerl mit dem Koffer. Geht auf 115 zu. Ein Vertreter also. Kein Arzt. Hätte ich mir eigentlich sofort denken können. Vielleicht auch einer von den Zeugen Jehovas. Ach nee, kann nicht sein, die kommen doch immer im Doppelpack.

Jetzt läuft der Hund schon ohne Leine auf dem Bürgersteig. Wo ist denn das Kind? Wenn die nicht bald aufkreuzt, muss ich mal auf den Spielplatz gehen. Treibt sich ja immer eine Menge Gesindel da rum. Hab' auch schon Spritzen da gefunden. Und Pariser. Zwei blaue Pariser, einer mit so Gummizacken dran. Wie die nur da drankommen?

Ah, da ist die Kleine ja wieder. Kommt aus 113. Oh, die hat ja Pizza auf der Hand. Dann hat sich das ja auch geklärt. Zwei Pizzastücke. Gibt dem Köter auch ein Stück. Wie der das gierig runterschlingt. Jetzt pisst der doch gegen die Autoreifen von

Hartwichs Kombi. Na ja, macht bei dem Schlitten auch nicht mehr viel kaputt.

„Morgen, Frau Winter! Ein schöner Tag heute. Eigentlich der erste schöne Tag in diesem Monat. Wurde ja auch Zeit. Hat ja auch lange genug geregnet. Wie bitte?"
Die Alte nuschelt ja so, als wenn sie keine Zähne im Mund hätte.
„Ja, ja, es soll in den nächsten Tagen noch weiter so bleiben. Wir können hoffen."

Jetzt sind aber alle in 113 aufgewacht. Der Guido Brückner nutzt die Gelegenheit ja reichlich. Kaum sind die Alten weg, die Anlage volle Pulle. Immer so ein Ami-Gedudel. Irres Gebrüll. Versteht der doch selbst nicht.
Da kommt ja schon wieder ein Pizza-Dienst. Das ist schon der dritte!

„Renate! R e n a t e! R e n a t e! Wo bist du denn? Renate! Wo ... ach, da bist du ja endlich. Ich glaub', es hat geschellt. Ja, geklingelt. Nicht das Telefon. Die Haustüre. Da. Schon wieder. Geh doch mal dran. Vielleicht ist das ja der Rebmann mit der Gartenschere. Der wollte mir doch eine Gartenschere leihen. Ich will doch noch die Hecke schneiden. Das wächst doch so üppig. Geh doch mal dran. Es ist schon das dritte Mal."
Jetzt kommt die Frau vom Fliesenleger mit einem anderen Kerl daher. Ist ja viel kleiner als sie. Hm. Gehen beide in 113 rein. Auch irgendwie komisch.

„Wer war es denn, Renate? Was! Pizza-Service. Aber doch nicht für uns. Doch für uns. Unmöglich. Unverschämtheit. Haben doch nix bestellt. Unverschämtheit. Sicher eine neue Werbestrategie. Ungeheuerlich. Hoffentlich hast du denen ordentlich Bescheid gesagt.

Ein Irrtum? Hast du nicht. Du hättest mich ruhig rufen sollen. Das hätte ich mir nicht bieten lassen. Das war doch mit Absicht. Volle Absicht, sage ich dir."

„Renate. Renate. Ich muss mal aufs Klo. Renate, ach du bist in der Küche. Also, Renate, ich muss jetzt mal. Kannst du mal das Fenster übernehmen. Die Kleine ist mit ihrem Köter wieder verschwunden. Achte doch mal darauf, ob der Fliesenleger wieder zurückkommt. R e n a t e! Renate. Ich muss mal. Wo bist du denn schon wieder. Immer, wenn ich dich mal brauche, bist du nicht da ..."

Dialoge am Büfett

„Hühnerbrust mit Mandelsplitter. *Ich glaube, ich nehme doch noch ein Kanapee. Die sehen ja himmlisch aus!*"

„Bei deiner Figur könntest du dir doch noch zehn Kanapees leisten."

„Übertreib mal nicht. In der nächsten Woche fahre ich wieder runter. Auf 1000 Kalorien."

„Entschuldigen Sie die Unterbrechung. Sind das da Mandarinen oder Mandarinenaprikosen?"

„Reine Mandarinen. Sie sehen nur etwas gelber aus."

„Ich habe mich doch für Zunge entschieden. Zwei Röllchen können doch wirklich keinen Schaden anrichten. Das Toast ist ja so vorsichtig bestrichen."

„Holger. Holger! Du siehst ja noch so unentschlossen aus. Es ist doch alles da. Ich meine auch für dich. Es ist überhaupt nicht so fleischlastig. Und gelaufen bist du doch schon."

„Ich bewundere Ihren Mann. Er ist ja so asketisch."

„Nur sehr gesundheitsbewusst. Nicht so asketisch, wie er auf den ersten Blick scheint."

„Weißkohl macht ja immer so eine Menge Arbeit. Putzen. Vierteln. Waschen. Putzen. Sie wissen ja schon."

„Schmeckt aber vorzüglich. Köstlich!"

„Wie bitte? Ja, für die Gemüseabfälle haben wir einen speziellen Schnellkompostierer. Ich glaube aber, da müsste mehr Zitronensaft dran. Oder Joghurt. Nein, doch Zitrone …"

„Wir sind jetzt auch im Internet."

„Über AOL?"

„Nein, irgendwas anderes. Ich glaube, aber ich weiß es nicht genau. Holger. Ach, wo ist er denn? Nein, nicht AOL. Irgendetwas mit T. Es sind mehr geschäftliche Gründe."

„Mit dem Rücken habe ich immer Probleme."

„Holger. Holger. Sind wir bei AOL oder bei einem anderen Anbieter?"

„T-Online."

„Also war es doch richtig. Irgendetwas mit T."

„Holger, probier doch mal den Waldorfsalat. Mit Walnüssen, die magst du doch immer so gerne."

„Das Mineralwasser ist aber nicht sehr kühl. Das sollten wir sagen."

„Du solltest dir ruhig ein Kölsch gönnen. Oder auch zwei, Holger. Entspann dich doch mal. Wenn du willst, fahre ich. Sag' es nur."

„Lass' mich nur machen. Vielleicht haben die ja noch irgendwo kühleres Wasser. Sollten wir ihnen sagen ..."

„Aber mich interessiert das Internet nicht. Überhaupt nicht. Unser Axel sitzt die längste Zeit des Tages vor dem Bildschirm. Manchmal stundenlang. Er übertreibt immer. Er ist kaum zu bremsen. Aber auf der letzten Elternversammlung hat uns der Lehrer ..."

„Der Waldorfsalat steht doch direkt vor dir. Da. Ja, da! Neue Lernformen. Zukunftsfähig. Chancen nicht missachten. Die können reden. Mir wäre ja lieb, wenn der Junge richtig den Rasen mähen könnte ... Der kann keine Zange richtig halten."

„Ich glaube, Ihnen ist eine Erbse heruntergefallen."

„Eine Erbse? Ich sehe aber keine!"

„Dem Morgen eine Chance geben. Unseren Stimmenanteil verdoppeln. So hat der gesprochen. Ich habe die Partei vergessen. Wo ist denn nur die Erbse? Ich kann sie nicht finden."

„Hat der nicht auch etwas zu Indern gesagt?"

„Nein, das war der andere."

„Das war doch der Rüllers oder so."

„Rüthers? Nein, so hieß der nicht."

„Ich nehme mir jetzt mal was von den Sardinen. Sardinen mit Spargelspitzen. Gute Idee."

„Hast du eigentlich das Gerät programmiert, Holger? Abenteuer Erde. Heute kommt eine Sendung über Moorhühner. Oder über Kairo. Das Nildelta. Fruchtbarer Boden. Das stimmt. Aber eines kann ich Ihnen sagen, die Umweltprobleme bekommen die niemals in den Griff ..."

„Wer kriegt das schon!"

„Waren Sie schon mal in Kairo?"

„Als Holger vierzig wurde, habe ich das Büfett auch selbst geplant. Mit meinem Schwager zusammen. Der war mal Koch. Profi sozusagen ..."

„... und der Westerhausen hat eine Schneise ins Büfett gebaggert. Richtig gierig. Fand ich reichlich unverschämt. Der ist doch schon fett genug. Die Hände hätten sie mal sehen sollen. Die Finger ..., aber das erzähle ich besser nicht genauer."

„Holger, dahinten steht auch noch Käse!"

„Richtige Knackwurstfinger. Irgendwann wird der Kerl noch mal einen Infarkt kriegen. Zwei Hörstürze hatte der doch schon. Zwei! Richtige kurze Fleischfinger. Wie der sich die Mixed Pickles gegrabscht hat. Die Oliven eingeschmissen. An den Gurken rumgefingert. Da ist mir fast schlecht geworden."

„Den mag mein Mann nicht."

„Ich kenn' den gar nicht. Westerhausen?"

„Dann sind Sie mal froh."

„Oh, sieh mal. Pfirsich Melba ..."

„Und ‚Petits Fours'. Jetzt wird es aber interessant."

„Das ist ein Studiendirektor. Ja, ja, einer von sechs. Das ist so eine große Schule."

„Petit Fours?"

„Hatten wir auch zu Holgers Geburtstag. Eine Empfehlung meines Schwagers. Waren doch ‚Petit Fours', Holger, oder so ähnlich. Und seitdem ... einfach köstlich. Marzipan. Zucker. Mehl und gemahlene Mandeln. Wunderbar. Auch Aprikosenmarmelade. Ja, die Franzosen wissen, was gut ist."

„Also, der Westerhausen hat sich einfach durchgesetzt. Besser würde ich sagen: wurde durchgesetzt. Der ist doch in der Ge-werkschaft. Dass es Konkurrenz gibt, ist doch klar. Hauen und Stechen. Normal. Aber die Schüler anstiften, gegen Kollegen Dienstaufsichtsbeschwerden zu stellen, das ist doch die Höhe. Finde ich mehr als eklig. Auf jeder Konferenz hat der doch immer seine GEW-Fahne rausgehängt. Über Jahre. Und dann diese Intrige ..."

„Ist der wirklich in der Gewerkschaft?"

„Gewerkschaft oder Philologenverband?"

„Nee, Gewerkschaft. In der Gewerkschaft. Germanist und Erziehungswissenschaftler. Eine gefährliche Kombination ..."

„Ich habe trotzdem noch eine Frage. Sind da auch Nüsse drin? Holger kann nämlich keine Nüsse vertragen. Ich meine Mandeln und Nüsse."

„Eindeutig in der Gewerkschaft. Vielleicht auch noch im Phi-lologenverband. Vielleicht auch noch im Berufsverband. Dem traue ich alles zu. Nee, nee, hauptsächlich Gewerkschaft. Habe doch mit ihm zusammen studiert. War zwei Semester über mir. Ich sehe den noch bei den Einführungsvorträgen des AStA. Hinter sich eine rote Fahne und ein Bild von Rosa Luxemburg. Sollte sich schämen, der Kerl. Rote Zelle Erziehungswissen-schaft. ROZER. Damals war der aber vierzig Pfund leichter, aber damals schon ein Ekelpaket. Im Bewerbungsverfahren hat der seine Maske endgültig fallen lassen ..."

„Holger. Holger, ich gehe mal eben ans Auto. Ich glaube, ich habe noch das Abblendlicht an."

„Die haben auch Guinness!"

„Ja, Schatz."

„Ich bleibe bei Kölsch."

„Ich geh' jetzt mal an die Bar."

„Für mich keinen Alkohol. Saft. Orange. Vielleicht auch mit Mineralwasser."

„Das ist immer noch nicht gekühlt."

„Für den Nudelsalat habe ich mir einen tiefen Teller genommen."

„Und diese Stellen werden ausgeschrieben. Müssen öffentlich ausgeschrieben werden. Eine Farce. Wirklich eine Farce."

„Da liegt ja die Erbse!"

„Oh, da kommt ja der Gastgeber."

„Also ... verehrte Gäste, wenn ich Sie jetzt einmal für eine kurze, wenn ich um eine, ich meine um Ihre Aufmerksamkeit bitten darf. Ja, bitten darf. Denn ich habe Herrn Hellwein, ich möchte Herrn Hellwein vorstellen. Bitte. Herr Hellwein ist ein alter ... eh ... alter Schulfreund von mir. Aus der Zeit auf dem Herder, dem Herder-Gymnasium. Er spielt heute ja, vielleicht kennen ihn ja einige, er spielt immer noch als Profi-Musiker ... eh, eh ... ich will es kurz machen ... als Profi im Orchester. Im Kölner Symphonieorchester ... und manchmal, eh, also heute auch bei mir für Sie. Lieber Helmut Hellwein ... lieber Helmut, ich bin mir ganz besser, sicher, dass du die richtige Musik für meine ... eh ... spielst, lieben Gäste spielst und ausgesucht hast. Danke schön!"

„Auf unseren Gastgeber!"

„Danke, Wolfgang!"

„Auf den Gastgeber und seine Gattin. Auf Richard und Monika!"

„Wohlsein."

„Zum Wohlsein!"

„Danke schön an euch alle!"

„Ein wunderbarer Abend."

„Ich habe mich für Pfirsich entschieden. Pfirsich oder Melba. Wegen der Himbeersauce. Durchgerungen."

„Ein gnadenloser Opportunist und hemmungslos, wenn es

gilt, seine eigenen Interessen zu verfolgen. Aber mit dem richtigen Parteibuch. Das geht doch nur danach. Eine Farce, diese Ausschreibung ..."

„Holger, ich habe schon zwei Sherry getrunken ... Und ein Glas Rotwein."

„Ist wirklich kein Problem, Liebling!"

„Du bist aber doch ein Asket, Holger!"

„Sagen Sie mal, das ist nicht böse gemeint, reden kann der nicht. Richard, meine ich. Wie macht der das denn beruflich. In seiner Position?"

„Ich war gerade auf der Toilette, Holger ..."

„Das hab' ich mich auch schon gefragt. Aber als Biologe geht das ja noch. Ich meine, da muss man ja nicht der große Rhetoriker sein ..."

„... und weißt du, was ich da gehört habe?"

„Mir haben die Zungenröllchen am besten geschmeckt."

„Es gibt auch Espresso."

„Die Toilettenfrau hatte einen rotweißen Schal an und das Radio laufen."

„Da klingelt es bei irgendwem?"

„Bei uns nicht. Wir haben kein Handy."

„Das muss bei Ihnen sein."

„Er ist ein Schwein. Rein menschlich gesehen."

„Ja, das ist bei uns ..."

„Und die Toilettenfrau sitzt da mit ihrem rotweißen FC-Schal und hört Fußball ..."

„Nein, nein. Pardon. Ach, du bist es. Ich kann dich so schlecht verstehen. Aus der U-Bahn. Wiener Platz. Was? Sprich doch etwas lauter ..."

„Der FC hat 5:3 gewonnen. Ja, gegen Wacker Burghausen. Damit ist er wieder aufgestiegen. Und die Toilettenfrau hat sich einen Schnaps ausgeschüttet und in einem ..."

Ich kann dich nicht verstehen. Funkloch?"

„Wenn der ja nicht immer so auf Gewerkschaft gemacht hätte. Das kann ich belegen. Fotos. Mit Fotos belegen. Ostermarsch. 1. Mai. Immer mit der Fahne in der ersten Reihe ..."

„Ich frage mal nach dem Rezept ..."

„Wichtig ist, dass die Schaummasse locker ist und zieht. ‚Petit' heißt klein und ‚Fours' Ofen. Na ja, wortwörtlich geht das ja nicht ..."

„Ich könnte jetzt einen Aquavit vertragen. Oder einen Raki, am besten einen türkischen. Auch mit einem tiefen Teller."

„Sehen Sie mal, die Dame da ist jetzt schon das fünfte Mal am Büfett."

„Hat der denn die Stelle bekommen?"

„Tiefer Teller. Von nichts kommt nichts."

„Mein Gott, jetzt fängt Herr Hellwein an zu spielen."

„Ja, jetzt. Ich sag' Papa Bescheid. Gegen Wacker Burghausen um die Deutsche Meisterschaft. 5:2 gewonnen. Ja, ja, ich habe verstanden!"

„Wacker Burghausen? Wo liegt das denn? Im Osten?"

Kiefern

Zwei Kiefern stehen vor dem Haus. Sie sind groß und haben die Höhe des Dachgiebels schon seit Jahren erreicht. Beide stehen dicht nebeneinander. Als man sie vor dreißig Jahren gepflanzt hatte, sollten es kleinwüchsige Kiefern sein. Der Gärtner hatte sich geirrt. Jetzt sind sie groß und stark. Ihre unteren Äste sind verdorrt und zum Teil abgeschnitten, das hat ihnen nicht viel ausgemacht. Im Gegenteil, es sieht so aus, als ob dies ihr Wachstum in Richtung Himmel verstärke.

Die Bäume nehmen dem Haus viel Licht weg. Der Schatten ihrer Nadeln verdunkelt die Fenster. Nachbarn haben häufig auf dieses Problem hingewiesen. Andere finden die Bäume einfach zu groß. Es gibt Menschen, die stören sich daran, wenn die Bäume in den Himmel wachsen. Ist es der Neid, der sie zu Henkern werden lässt? Es gibt auch Stimmen, die auf die starken Wurzeln der Kiefern hinweisen. Die Wurzeln könnten, so sagen sie, das Mauerwerk des Hauses zerstören. Wiederum andere schütteln nur den Kopf über die vielen trockenen Nadeln.

Die Vögel der Umgebung lieben die Kiefern, sie stört weder die Größe noch die trockenen Äste, geschweige denn die Wurzeln. Regelmäßig fliegt eine Meisenfamilie in die Bäume. Fünf, manchmal sogar sieben Meisen zur selben Zeit. Mit ihren kleinen Schnäbeln picken sie emsig Insekten von der Rinde. Ein Kleiberpaar marschiert fast jeden Tag kopfüber die Stämme herunter, auch auf der Suche nach Nahrung. Für die schweren graublauen Holztauben sind die Kiefern ein willkommener Ruheplatz. Die Elstern der Straße haben hier gute Aussichtsplätze, von denen sie alles beobachten, was in der Nachbarschaft geschieht. Die Nachbarn können sicher sein, den Elstern entgeht nichts. Das

Amselpärchen, welches seit vielen Jahren abwechselnd sein Nest entweder in dem alten Feuerdorn neben der Haustüre oder im Dickicht des wilden Weins an der Rückseite des Hauses baut, bringt seinen Jungen das Fliegen von den Kiefern bei. Sie macht es vor, ruft und lockt, zeigt alles noch einmal, geduldig rufend und singend, bis die Jungen es nachmachen. Ein Buntspecht hat die Kiefern für sich entdeckt. Er kommt wohl vom nahe gelegenen Friedhof. Tagelang hämmert er gegen die schorfige und spröde Rinde, sodass diese in großen Fetzen abfällt. Dann ist Insektenfresserzeit!

Die Vögel mögen die Kiefern.

Die Bäume sind geduldig. Sie bewegen ihre Kronen mit dem Wind, manchmal ächzen sie, wenn es sehr stürmisch ist. Das Stöhnen und Ächzen ist ihr gutes Recht. Wenn es Sommer ist, der Juni warm und trocken, werfen sie ihre ersten Zapfen ab, und die Kinder der Straße sammeln sie als Spielzeug. Ich wünsche den Bäumen noch ein langes Leben. Noch die Kinder der Kinder sollen die Kiefernzapfen sammeln, an ihnen riechen können, mit ihren Fingern über das ruppige Holz streicheln. Vielleicht auch noch die Enkelkinder der Kinder. Ich wünsche es ihnen, den Bäumen und den Kindern.

Warten im RGM

Zwischen zwölf und eins will Langemann da sein. Treffpunkt: Hauptportal Dom. Bei Regen aber RGM, Haupteingang. Also eine klare Vereinbarung.

Das „Römisch Germanische Museum" liegt nur wenige Meter vom Dom entfernt. Der Regen hat die Steinplatten in Mattspiegel verwandelt. Der Wind fegt über die Domplatte. Die Rollbrettfahrer sind heute nicht so zahlreich. Dafür spuckt ein Riesenreisebus japanische Touristen aus. Herr Minamata zückt die Yashika. Frau Tanu spielt mit der Minolta. Klick. Andere folgen. Klick. Klick. Ein weiteres Busungetüm schiebt sich an die Stufen ran. Ist das eigentlich erlaubt? Sind das die Holländer? Sind das Belgier? Oder doch Schwaben? Ein Kegelclub? Hier gibt es doch kaum Möglichkeiten zum Wenden. Warum fahren die Busse immer so dicht an die Stufen? „Reisen für Junggebliebene" steht auf der Breitseite des Gefährts. Aus dem Bus ächzt eine Seniorengruppe. Rückenstrecken. Dehnen. Plastikhauben werden festgezurrt. Aber kein Langemann in Sicht.

Die alten Herren rücken sich die Prinz-Heinrich-Mützen zurecht, die Damen schützen ihre silbergrauen Wellen mit Kunststoffhauben. Engländer? Amerikaner? Spanier? Klick. Klick. Klickklick! Langemann ist noch nicht hier. Oder steht er vielleicht schon am RGM?

Meine Hosenbeine sind angefeuchtet. Die Domplatte ist eine Windschneise. Ich übe mich in der seltenen Sportart des Dreisprungs. Pfütze. Sprung. Pfütze. Sprung. Pfütze. Sprung. Dann stehe ich vor Glas und Beton. Wind und Regen haben dazu beigetragen, dass die Außenfassade des Museums dunkle Flecken bekommen hat. Das RGM ist mein Lieblingsmuseum.

Meinen Schirm und meinen Mantel will die Garderobenfrau übernehmen. Freundliche Dame. Ich winke ab. Noch nicht. Danke schön! Meine nassen Turnschuhe gefallen ihr überhaupt nicht. Sie fixiert die Schuhe, als vertrügen sich solche Schuhe nicht mit der rheinischen Frühgeschichte.

Vereinzelt kommen bildungshungrige Touristen in das Haus. Langemann wird mich auch hier finden. Ich habe ja noch eine halbe Stunde. Noch ist es nicht ein Uhr. Ich löse mir eine Karte. Erneuter Blick, diesmal gilt er meiner kleinen Tasche. Der Blick versucht in das Innere der Tasche zu dringen. Gibt es da ein Messer? Eine Pistole? Schlimmer noch: eine Bombe?

Da ist das Dionysos-Mosaik. Das habe ich schon lange nicht mehr gesehen. Seit einem, nein, schon seit zwei Jahren. Graues Licht fällt durch die verregneten Scheiben.

Von einer Balustrade hat man einen Blick auf das wunderbare Kunstwerk. Ein Meisterwerk römischer Steinsetzer, Mosaikkünstler. Durch meinen rechten Schuh ist Wasser gedrungen. Ich spüre es erst jetzt. Regenwasser. Das ist nicht schön! Ich merke auch, wie die Feuchtigkeit die Socke erreicht. Eine Erkältung kann ich nicht gebrauchen.

Jetzt betritt eine vierköpfige Familie den Raum. Ich beschließe, in das Innere des Museums zu gehen. Fast eine halbe Stunde habe ich auf Langemann gewartet, jetzt drehe ich den Spieß herum. Soll eben auch warten, dieser Langemann!

Das sind Regenflüchtlinge. Eindeutig. Vater, Mutter und zwei Kinder. Ein Junge und ein Mädchen. Der Mann hält einen Museumsführer in den Händen. Es sind doch keine Regenflüchter. Die Mutter hat ihre Tochter an der Hand. Vielleicht ist die Kleine vier Jahre alt. An ihnen vorbei quirlt ein circa sechs- oder siebenjähriger Junge. Der Bursche hat ein T-Shirt mit der Inschrift „Pokemon" an.

Während die Mutter dem Mädchen die Nase putzt, steuert der Vater auf das Geländer zu, von dem der Betrachter einen wunderbaren Blick in die Tiefe hat und auf das Mosaik sehen kann.

„Mutti, hier ist es schon!"

Der Mann meint seine Frau.

„Aha."

Die Antwort ist kurz und ohne Begeisterung. Die Aufmerksamkeit der Frau gilt der Tochter.

„Ist das denn nicht großartig, Rosemarie. Aha, hier steht es ja. Dionysos war der Sohn des Zeus und der Gehmehle. Griechischer Gott des Weines, Mutti. Steht hier. Hast du schon mal Gehmehle gehört?"

„Nein. Kenn' ich nicht!"

„Dionysos war auch ein Fruchtbarkeitsgott. Interessant, Rosemarie. Nicht? Gehmehle schreibt sich auch ganz komisch, Rosemarie."

Die Frau antwortet diesmal nicht.

„Sehr interessant. Die Feste, die er feierte, kennzeichneten sich durch Ekstase aus. Ist ja verrückt … Aber mehr steht da nicht."

Die Mutter lässt das voll geschnupfte Papiertaschentuch in ihrer Tasche verschwinden und wirft einen flüchtigen Blick auf den Fruchtbarkeitsgott.

Das Mädchen merkt, dass der Vater mit besonderem Interesse in die Tiefe starrt, und rennt plötzlich auf das Geländer zu. Bevor sich die Kleine eigenhändig hochziehen kann, wird sie von ihrer Mutter am Pullover zurückgezerrt.

„Vorsichtig! Natalie. Das ist tief!"

Der kunstinteressierte Vater blickt weiterhin fasziniert auf das Mosaik.

„Die hatten noch Sinn für das Schöne im Leben. Soll ja ein Badehaus gewesen sein … Da ist unser Thermalbad aber nüchterner, Rosemarie!"

Seine Frau Rosemarie folgt indessen mit ihren Augen dem Zeigefinger ihrer Tochter Natalie. Natalie zeigt auf ein älteres Ehepaar, welches sich der Balustrade nähert.

„Mama. Mama, die Frau hat ja eine Tüte auf dem Kopf."
Natalie ist willensstark und hat eine kräftige Stimme. Mit dem Zeigefinger ihrer rechten Hand zeigt sie auf die Regenhaube der Museumsbesucherin. Ihrer Mutter ist die Bemerkung peinlich, sie versucht den ausgestreckten Arm ihrer Tochter zurückzuziehen. Doch das Kind lässt die körperliche Überlegenheit ihrer Mutter geschickt leer laufen. Noch lauter als beim ersten Mal ruft sie mit ausgestrecktem Finger: „Mama, Mama, die alte Frau hat eine Tüte auf dem Kopf!"

Das ältere Ehepaar dreht mit durchgedrückten Schultern in Richtung Tonscherbensammlung ab. Die Mutter scheint die Energie ihrer Tochter gut zu kennen, denn sie versucht das Kind abzulenken.

„Sieh mal, das schöne Bild da unten!"
„Die Frau hatte aber wirklich eine Tüte auf dem Kopf!"

Der Vater liest unberührt und konzentriert in seinem Museumsführer.

„Eine wirklich tolle Sache. Und wenn man bedenkt, dass das Mosaik erst beim U-Bahn-Bau entdeckt wurde. Toll. Nicht wahr, Rosemarie? Ich bin mal gespannt, was die in der nächsten Zeit finden. Die buddeln doch wieder einen U-Bahn-Schacht."

Der Junge hat die ganze Zeit zwischen Vater und Mutter gestanden. Wortlos. Gelangweilt. Die Mutter hat Natalie jetzt auf den Arm genommen und starrt auf das Mosaik. Mit Daumen und Zeigefinger zupft der Junge seinem Vater am Sakko.

„Papa!"
Doch der Mann ist dem Motiv des Mosaiks verfallen. Er

merkt das Zupfen nicht. Der Junge unternimmt einen erneuten Versuch.

„Papa! Papa!"

„Ja. Was ist denn?"

Der Vater liest weiter.

„Papa! Papa! Wann gehen wir denn nach McDonald's?"

„Noch nicht!"

Der Vater fühlt sich gestört.

„Wann denn?"

„Nachher!"

„Wann nachher? Jetzt gleich?"

„Wenn wir alles gesehen haben!"

„Aber wir haben doch schon alles gesehen. Wann gehen wir denn wieder?"

Verzweifelt wendet sich der Mann nun an seine Frau.

„Rosemarie, hast du denn den Kindern keine Butterbrote mitgenommen?"

Sein Ton ist leicht vorwurfsvoll.

„Doch, Michael. Die Kinder haben sie aber schon im Auto gegessen."

„Dann können sie ja auch keinen Hunger haben."

„Du hast aber McDonald's gesagt, Papa."

Mutter Rosemarie hält immer noch ihre Tochter Natalie auf ihrem Arm.

„Ihr habt doch schon die schönen Butterbrote gehabt. Da müsst ihr doch satt sein, Kinder …"

„Aber Papa hat …"

„Das hat er auch. McDonald's hat Papa gesagt."

„Nun hört endlich auf. Es ist ja schrecklich."

Die Familie verwickelt sich in einen heftigen Disput, wobei Bruder und Schwester eine Fraktion bilden. Ich verlasse den Raum und verspreche Dionysos noch einmal wiederzukommen. Zum Eingang ist es ja nicht weit.

Langemann ist nicht in Sicht. Das finde ich doch schon etwas dreist. Es gibt wenig zuverlässige Leute. Hätte ich von Langemann eigentlich nicht gedacht. Also gut, dann eben nicht. Noch nicht. Er wird sich ja melden oder mich hier finden. Im Regen wartet der doch nicht vor der Türe. Langemann niemals. Langemann ist nicht regenresistent. Der nicht!

Jetzt stehe ich erneut einer Garderobenfrau gegenüber. Aber diesmal ist es eine andere. Nicht die mit dem Röntgenblick. Sie ist bereit, mir meinen nassen Mantel abzunehmen. Jetzt stimme ich zu. Von der Wand springt mich eine fette Letter an: WAS FINDE ICH WO?

Am liebsten würde ich darunter schreiben: Wo finde ich Langemann? Na, ist ja auch egal. Ich muss das Beste aus der Situation machen. Vielleicht kommt er ja noch? Hatte einen Unfall, einen Stau. Ist denn schon wieder Messe? Ich hätte ihm meine Handynummer geben sollen. Hab' nicht dran gedacht. Oder doch? Er hat die Nummer doch!

Ich gehe erneut an Dionysos vorbei und begebe mich endgültig in das Innere des Museums. Die Familie hat sich anscheinend in Luft aufgelöst. Vielleicht läuft Langemann ja auch schon hier herum und wir treffen uns. Langemann traue ich das zu. Manchmal ist der zu lässig.

Vor mir liegen die Ausstellungsräume. Scherbe auf Scherbe ein Dokument des römischen Imperiums. Die Sammlung ist imponierend. Schräg vor mir dudelt aus einem Kasten eine Stimme. Menschen sind hier nicht zu sehen. Die Stimme begleitet eine Serie von Dia-Bildern, die vor mir auf eine Wand projiziert werden. Eine nimmermüde Stimme führt hier durch das Reich der römischen Herrscher.

Dann kommt der Saal mit den Vasen. Vasen. Vasen. Vasen. Grabsteine. Fresken. Schwerter und ein römischer Nachttopf. Doch heute kann keine noch so liebevoll dekorierte Vitrine meine Aufmerksamkeit für längere Zeit auf sich ziehen. Wenn Langemann käme, wäre mir das schon sehr lieb. Ich gehe weiter. Raum für Raum. Überwinde historische Epochen in Sauseschritt. Die Uhr läuft. Dann gehe ich zurück. Der Garderobenfrau bin ich jetzt schon vertraut. Es ist wieder die mit dem stählernen Blick. Diesmal sieht sie aber streng an mir vorbei. Noch nicht einmal für meine nassen Schuhe hat sie einen Blick.

Jetzt tuschelt sie mit einem männlichen Kollegen. Beide sehen angespannt und prüfend in meine Richtung. Also hat sie mich doch bemerkt. So sieht man Bombenleger oder Brandstifter an. Mein Verhalten muss für Museumsbesucher untypisch sein. Beide fixieren mich jetzt. Und ich vermeide den Blickkontakt. Warum eigentlich? Ich drehe ab. Die Blicke brennen auf meinem Rücken. Ihre Augen suchen nach Bomben unter meiner Jacke. Vielleicht eine Kalaschnikow vom Russenmarkt?

In jedem Raum kann Langemann sein. Theoretisch und praktisch. Eine Schulklasse flutet an mir vorbei. Vielleicht viertes Schuljahr. Zwei grauhaarige Männer äußern sich sehr kompetent über die lateinischen Grabschriften, die vor ihnen in einem Glaskasten zu sehen sind.

Mein Augenmerk gilt Langemann. Dem verdammten Langemann.

Vor einem beschädigten Krieger aus Marmor stehen drei junge Burschen im Grufti-Look und machen pubertäre Bemerkungen zum Körper des steinernen Kriegers. Die ersten japanischen Fotografen sind auch schon da. Einige grüßen mich freundlich. Nur weg hier, die halten mich doch wohl nicht für einen Museumsführer. Jetzt bilden sie schon ansatzweise einen Halbkreis um mich. Nur weg hier.

Ein Liebespaar hockt eng umschlungen auf einer der seltenen Sitzgelegenheiten des Hauses und gibt sich der Betrachtung eines römischen Streitwagens hin.

Das Museum ist voller geworden. Das Regenwetter hat da sicher mitgewirkt. Ich überprüfe den Besucherstrom. Kein Langemann zu sehen.

Ich bin wieder im Saal der tausend Scherben. Mir fällt die Konzentration schwer. War keine gute Idee, hier einzutauchen. Da müsste der Kopf schon frei sein. Guter Mars, verzeihe mir. Du bist für den Regen zuständig. Ich will mich nicht beschweren. Aber du bist ja auch Kriegsgott und in dieser Funktion solltest du dir mal den Langemann vornehmen. Und bitte nicht zu zimperlich! Was Langemann angeht, werde ich meinen Pazifismus unterbrechen müssen. Ich finde ihn rücksichtslos.

Von rechts ertönen jetzt seltsame Pfeifsignale. Schnarr-Töne. Eine Siebener-Gruppe taucht auf. Bermudahosen, Tropenhemden. Wie aus einem anderen Film in die Arena der Römerzeit gespuckt. Zwei haben grellgelbe Trainingsanzüge an. Silberne Turnschuhe drei von ihnen. Rote Buchstaben auf den Rückenpartien der Trainingsanzüge verweisen auf einen BAD BOY CLUB. Mir fällt kein anderer römischer Gott ein. Ich bleibe bei Mars.

Alles gebräunte Gesichter. Die müssen eingeflogen worden sein. In den Ohren Knöpfe mit Antennen und vorne biegen sich Mikrophone. Wieder das Schnarren. Pfeifsignale. Einer der Bermuda-Menschen spricht in sein Mikrophon. Ich glaube, jetzt kündige ich meine Freundschaft mit Langemann endgültig auf. Wie konnte er mir das zumuten.

Jetzt sehe ich Natalie mit ihrem Bruder hinter einer Säule auftauchen. Seitlich macht es mehrfach „Klick!" Zwei Japaner lächeln mich an. Das Liebespaar schlendert weltvergessen an mir vorbei.

Langemann hat mich versetzt. Bitte, lieber Mars, tue das Notwendige!

Ich gehe zügig zum Eingang zurück. Ich werde wiederkommen. Auf jeden Fall, doch dann wird meine Freundschaft mit Langemann schon der Geschichte angehören.

Ich hole meinen Mantel, nehme meinen Schirm und renne, ohne ihn zu öffnen, auf die Domplatte hinaus. Auf meinem Rücken brennen die Blicke aller Garderobenfrauen des Museums, auch der Museumswärter und der Japaner und des BAD BOY CLUBS.

Aus der Ferne höre ich Natalies Stimme schreien: „Warum läuft der komische Mann denn so schnell?"

Zukunftsorientiertes Sitzen

Nach der letzten Lehrerkonferenz, ich meine die lange vom März, verließ ich als Letzter das Schulgebäude. Die Kollegen waren schon weg. Ich hatte noch einige Unterrichtsmaterialien fotokopiert und strebte alleine dem Ausgang zu. Dem Hauptausgang, denn unser Komplex hat mehrere Ausgänge. Also: Ich wollte das Gebäude verlassen! Das war meine Absicht, da lief ich einer kleinen Gruppe von Menschen direkt in die Hände. Drei Männer und zwei Frauen. Ich will genau sein.

„Ist das hier das neue Kölner Berufskolleg?", fragte mich ein kleiner grauhaariger Herr.

„Stimmt, aber es ist keiner mehr …"

„Macht nichts! Wenn Sie uns etwas helfen können. Macht gar nichts aus."

„Und so neu ist es ja auch wieder …"

„Macht ja nichts. Sind Sie denn Lehrer an …?"

„Ja, bin ich. Lehrer, aber ohne …"

Der kleine Graue ließ mir keine Chance.

„Wunderbar. Wunderbar!"

Er nahm Blickkontakt zu den anderen auf, und die schienen das auch wunderbar zu finden. Heftiges Kopfnicken bestätigte das.

„Wir kommen nämlich von der städtischen Beschaffungsstelle. Schulverwaltungsamt und Beschaffungsstelle. Wir bringen die neuen Stühle. Neue Stühle für das Lehrerzimmer. Alle Stühle sind erwachsenengerecht und – hahaha! – berufskollegspezifisch!"

Der Kleine hatte Humor. Von den Stühlen und einer neuen Möblierung des Lehrerzimmers hätte ich wissen müssen. Ich war doch Mitglied der Schulkonferenz. Ich wusste es aber nicht. Aber das musste der kleine Häuptling jetzt ja nicht wissen.

„Jetzt sind wir ja nun da und auch froh, durch Sie Einlass zu finden. Sie haben doch den Schlüssel?"

Und ob ich den hatte. Ich sagte aber nur: „Ich kann Ihnen gerne behilflich sein."

Für meine Schule war ich immer bereit. Und wenn nun einmal die Chance mit den Stühlen bestand, kannte ich kein Zögern. „Machen wir alles schon. Wir müssen nur reinkommen. Das ist jetzt das Wichtigste."

„Sehr richtig", mischte sich jetzt eine der beiden Damen ein. „Wir sind zwar heute etwas spät dran, doch von der Sache her auf der Höhe unserer Zeit." Während sie das sagte, lächelte sie mich an und in ihren Augen glomm ein tiefer Eifer. Die fünf, soweit ich es beurteilen konnte, schienen recht fröhlich zu sein, sicher erleichtert, zu so später Stunde noch Einlass gewährt zu bekommen.

Einer der Begleiter des Wortführers traute sich nun auch zu einem Kommentar. „Dann sind die neuen Möbel ja auch rechtzeitig für das neue Schuljahr da. Wenn die neuen Ausbildungsgänge starten. Ihre Schule soll ja vergrößert werden!"

Das wussten die also auch schon. Es war ein beachtliches Timing. Wirklich beachtlich. Heute würde ich nicht zum Kieser-Training fahren. Mir schien es jetzt richtig, meine Zeit in die Zukunft der Schule zu investieren. Dem Schulleiter würde mein Eifer sicher gefallen.

Stopp! Was war denn mit den alten Stühlen, den Tischen und Bänken?

Der kleine Grauhaarige musste telepathische Fähigkeiten haben. Ohne dass ich diese Fragen stellen konnte, sprudelte es schon aus ihm heraus: „Haben wir alles schon bedacht. Nichts ist verloren, nichts ist umsonst! Wir Beamte sind ja auch Steuerzahler. Hahaha! Die langen Bänke aus dem Lehrerzimmer haben wir schon für die Jugendmannschaft des KEC vorgemerkt.

Für die Jugendabteilung. Die brauchen da Strafbänke. Hahaha!
Die Bänke sind weg. Und die Stühle erhält das Schulmuseum
in Bensberg. Passen da gut hin. Sind ein Geschenk. Ein Teil
davon kommt aber nach drüben, eh, nach Sachsen-Anhalt. Ist
ein armes Land. Werden verschubt. Aufbauhilfe Ost. Immer
noch besser als …"
    „Nichts da, nichts da, Herr Schmitz. Die wollen keine Plaste
mehr. Das ist doch gestoppt. Haben Sie denn nicht das letzte
Amtsblatt gelesen? Seite 34!"

Jetzt, zum ersten Mal, schaltete sich die zweite Dame ein.
    „Wir haben eine Anfrage des Kulturamtes vorliegen. Da haben
Kölner Künstler Interesse angemeldet. Die suchen alte Stühle.
Aktionskünstler. Die wollen öffentlich Stühle zerhacken und
zersägen. Der Stuhl als Symbol für den gebeugten Rücken. Jedes
fünfte deutsche Kind ist zu dick. Die sitzen zu viel. Zu viel und
falsch. Eine Performance. Zerhackte Schulstühle. Ideen muss
man haben. Und da gibt es noch einen Künstler aus Rodenkirchen, der will einige von den alten Dingern vergolden und – mit
Flügeln versehen – auf öffentliche Gebäude installieren. So wie
es der HA Schult getan hat auf dem Zeughaus mit seinem Flü-
gelauto. Da liegt ein Konzept vor. Vergoldete Amtsstühle mit
Goldflügeln. Arbeitsamt. Finanzamt. Liegenschaftsamt …"
    Der Kleine, der ja, wie ich jetzt wusste, Schmitz hieß, verharrte
einen kurzen Augenblick. Ihm war nicht anzusehen, ob ihm
die Idee mit den beflügelten Amtstühlen gefiel, dann zeigte er
wieder Entschlossenheit.
    „Kommen Sie, kommen Sie. Wir haben ja die Möbel schon
vor der Türe. Kommen Sie mit."
    Ich schloss mich der Gruppe an. Tatsächlich! Vor dem Schul-
gebäude stand ein riesiger Möbelwagen, und vor diesem Möbelwagen standen vier kräftige Packer, deren Blicke sich nun auf
Herrn Schmitz richteten.

„Los geht's!"

Das war das Signal. Und die Männer der Spedition verstanden ihr Geschäft. Ein dicker Bursche mit hoch gekrempelten Ärmeln, auf dessen Armen bunte Tätowierungen zu sehen waren, teilte seine Truppe ein.

„Pitter und Mustafa, ihr nehmt den Rollwagen. Jacky und ich tragen die Stühle. Schnappt euch den Wagen. Los geht's!"

In unglaublicher Geschwindigkeit griffen sie sich die ersten Stühle und verschwanden damit in dem Schulgebäude. Es ging alles so schnell, dass ich Mühe hatte, den ersten Träger zu überholen und ihm die Türe zu dem großen Lehrerzimmer aufzuschließen. Neben mir hastete Herr Schmitz. Wir hielten beide die Türe auf, und die Stühle wurden in das Lehrerzimmer getragen. Herr Schmitz kommentierte den Einzug des neuen Mobiliars mit Stolz.

„Hier, sehen Sie. Alles topp! Alles berufsschulspezifisch. Wirbelsäulenadäquat, handlungsorientiert und für alle Bildungsgänge geeignet. Wir haben das mit der Schulaufsicht abgesprochen. Keine Diskrepanz zwischen den Behörden. Wir ziehen an einem Strick. Haha!"

Seine Begleiter, die ihm dicht auf den Fersen waren, nickten. Die Packer schleppten, und das Kompetenz-Team der Stadtverwaltung bildete ein Spalier. Herr Schmitz ergriff erneut das Wort. Er hatte sich einen Stuhl ausgesucht und zeigte ihn mir voller Stolz.

„Das ist unsere Antwort auf PISA. Wir brauchen doch auch gesunde und motivierte Lehrer. Das ist unser Prototyp. Verstellbares Rückenteil. Mitschwingender Sitz, komfortable Polsterung. Zunächst einmal für das Lehrerzimmer, später dann auch für alle Schüler. Wurde doch auch Zeit, endlich die Sitzgarnituren altersgerecht anzupassen. Ist doch eine Ausbildungsstätte für junge Erwachsene."

Der Mann wurde mir langsam unheimlich. Von ihm ging eine ungeheure Dynamik aus, die sich auch auf seine Begleiter abzufärben schien. Erneut hatte er sich einen Stuhl geangelt. Seine Augen glänzten.

„Das ist der Punkt: Synchrontechnik. Perfektes, dynamisches Sitzen. Die Neigung der Rückenlehne und des Sitzes passt sich automatisch synchron der Bewegung des Sitzenden an. Je nach Belieben kann die Neigungsposition der Rückenlehne arretiert werden. Verstehen Sie, was ich meine?"

Ich verstand.

„Und hier noch etwas sehr Spezielles. Eine Sonderanfertigung für Studiendirektoren. Unsichtbare Rollen. Individuelle Modelle mit abgestuften Farbnuancen. Helle Farben. Rot, grün, gelb. Es gibt aber auch pink und flieder. Und für die Sekundarstufe II haben die Stühle emaillierte Stahlrohrrahmen mit ausklappbaren Schreibpulten. Das ist zukunftsorientiertes Sitzen. Da lernt es sich noch mal so gut. Und Sie können sich sicher sein, bei der neuen Bestuhlung machen Ihnen auch die Konferenzen wieder Spaß. Keine Verspannungen, keine Rückenprobleme, weniger Bandscheibenvorfälle ... Sie können uns glauben, wir von der Verwaltung sind da durchaus lernfähig. Es sind praxisorientierte Sitzmöbel. Und ich muss Ihnen noch etwas sagen, die Sache ging durch den Schulausschuss wie nix, im Haushaltsausschuss sind die Neuanschaffungen nur so durchgeflutscht. Der Stadtkämmerer, so habe ich es gehört, hat die ganze Angelegenheit fast im Gehen auf dem Flur abgezeichnet."

Das Gesagte erstaunte mich doch außerordentlich, und ich beschloss für mich, ab sofort wieder den Kommunalteil der Tageszeitungen aufmerksamer zu lesen. Da hatte ich irgendetwas nicht mitbekommen.

Und dann zog mich Herr Schmitz zur Seite. Leise sagte er zu mir: „Es ist auch politischer Wille von oben. Von ganz oben. Der Bürgermeister steht voll hinter Ihnen. Kulturstadt

Europa … und der setzt sich für die Schulkultur ein, für Stadt-teilkultur. Können Sie sich gar nicht vorstellen, so engagiert ist der Herr Oberbürgermeister."

Nach diesem Zusatz musste ich mich erst einmal setzen.

Einer der Begleiter, ein eckiger Typ mit kantigem Gesicht, der bis zu diesem Zeitpunkt geschwiegen hatte, unterbrach vorsich-tig den Redefluss von Herrn Schmitz.

„Herr Amtsrat, wir müssen …"

„Ja, ja." Jetzt wurde Herr Schmitz ein wenig ungehalten. Un-terbrechungen mochte er wohl nicht.

„Nur noch dieser hier."

Er stoppte einen der Möbelpacker und nahm ihm einen fla-chen Stuhl aus den Armen.

„Nur noch kurz zu dieser Stuhlart. Platzsparend. Mobil und mit auswechselbarem Sitzteil. Klappstühle. Für Unterricht im Freien. Sie haben doch das schöne Atrium. Genau für diesen Zweck. Die sind lichtecht, eignen sich für themenzentrierte Interaktion an der frischen Luft. Das ist ein neues Sitzgefühl und das wird auch ein neues Lerngefühl. Sie können sich darauf verlassen. Auf Wiedersehen!"

Der mit dem kantigen Gesicht stand vor Herrn Schmitz und blickte verzweifelt auf seine Uhr.

„Ja, ja, ich komm ja schon!"

Es war wunderbar. Ich fragte mich nur, womit wir das alles verdient hatten. Nachdem der letzte Stuhl das Lehrerzimmer erreicht hatte und die fleißigen Schlepper sich verabschiedeten, schloss ich die Türe zu. Zweimal drehte ich den Schlüssel im Schloss, dann klebte ich meinen Kaugummi in das Schlüssel-loch. So schnell würde jetzt keiner mehr die neuen Möbel raus-holen können. Hoffentlich hielt dieser Traum noch lange an.